Wo ist die Grenze?

Gunthard Herbst

Wo ist die Grenze?

Bibliografische Information der Deutschen Nationalbibliothek
Die Deutsche Nationalbibliothek verzeichnet diese Publikation in der Deutschen
Nationalbibliografie; detaillierte bibliografische Daten sind im Internet über
http://dnb.dnb.de abrufbar.

© 2015 Gunthard Herbst
Satz, Umschlaggestaltung, Herstellung und Verlag: BoD – Books on Demand
ISBN 978-3-7392-7562-8

Vorwort

Liebe Leser,

wir haben uns alle schon einmal die Frage gestellt: „Wo ist die Grenze?"
Es gibt Grenzen zwischen den Ländern, Grenzen innerhalb der Länder.
Grenzen gibt es auch zwischen den Menschen in unmittelbarer Nähe, sichtbare und unsichtbare.
Sie stellen einen Schutz für uns Menschen dar. Sie begrenzen unseren vertrauten Privatraum, unsere Heimat mit ihrer Natur, ihrer Sprache, ihrer Kultur, ihrer Wirtschaft, ihren Sitten und Gebräuchen.

Oftmals in unserem Leben existiert die Grenze nur in unseren Köpfen. In meinem Leben habe ich in drei vollkommen unterschiedlichen Gesellschaftssystemen gelebt. Ich bin Jahrgang 1941.
Nach dem zweiten Weltkrieg war ich als Kind mit meiner Familie eingebunden in den Umbruch vom Nazisystem in das DDR-System. Als gereifter Mensch habe ich die Wiedervereinigung der beiden deutschen Staaten miterlebt.
Bei der Umgestaltung des gesamten gesellschaftlichen Lebens und der Wirtschaft sind die Familien im Osten Deutschlands an ihre Grenzen gekommen.
Viele Familien haben den Belastungen nicht standhalten können und sind daran zerbrochen.

Besonders ansprechen möchte ich die Familien, die sich nach 1990 stark in der Wirtschaft engagiert haben. Viele bestehende Familienbetriebe wurden erweitert. Es gab auch viele Neugründungen.

Aus eigener Erfahrung möchte ich aus meinem Leben erzählen.

Heute ist Freitag, der 15.01.2015.

Ich bin nun so weit, meinen Lebensweg aufzuschreiben.
Mein Geburtsdatum ist der 02. August 1941.
Groß Ottersleben bei Magdeburg ist mein Geburtsort, und dort habe ich auch die ersten Jahre mit meiner Mutter und den Großeltern gelebt.
Meine Mutter hatte bei ihrem Vater den Beruf Landwirt erlernt.

Unser Vater, Walter Herbst, geboren 1912, hatte von seiner Tante eine Landwirtschaft in Langenweddingen in der Börde geerbt. Dazu gehörten 15 ha landwirtschaftliche Fläche.
Um später sein Erbe antreten zu können, war er 1938 zur Armee gegangen.
Der Wehrdienst betrug zwei Jahre, der sich durch den Krieg bis 1945 hinzog.

Vor Kriegsende sind wir nach Langenweddigen gezogen.
Unser Vater wurde vorzeitig aus dem Krieg entlassen, da er sehr stark unter Rheuma litt.
Er kam zurück und war kurze Zeit bei uns, seiner Familie.

Die Engländer hatten Langenweddingen besetzt und forderten die Männer auf, sich zu stellen und nahmen sie mit in Gefangenschaft. So hatten sie auch unseren Vater mitgenommen.
1946 wurde er aus der Gefangenschaft in England entlassen.
In Osterwieck am Harzrand kam er zurück über die Grenze.

Osterwieck war nun von den Russen besetzt, und unser Vater wurde festgehalten und zur Kommandatur gebracht.
Diese Kommendatur war oberhalb in einem Gebäude eingerichtet.

Er durfte nach Hause gehen. Unten an der Treppe hat ein Russe, der stark unter Einfluß von Alkohol stand, auf ihn geschossen.
Zwei Stunden später ist er in Osterwieck im Krankenhaus verstorben. Er verstarb am 14. März 1946, wurde am 2. Februar 1946 34 Jahre alt.

Unsere Mutter war nun mit mir, ich war fünf Jahre alt, und mit meiner Schwester Regina, sie war zwei Jahre jünger, allein.

Regina und ich, wir beide bekamen einen Vormund. Es war der Großvater von Gerd Kärsten in Langenweddingen. (Gerd Kärsten hatte in Langenweddingen eine Metallbaufirma, und wir hatten später zusammen zu tun als Berufskollegen. Ich habe gern mit ihm zusammen gearbeitet. Er war sehr kompetent.
Er war etwa zehn Jahre jünger als ich und ist vor ein paar Jahren verstorben.
Den Betrieb führt seine Tochter Dörte weiter.)

Paul Kärsten war unser Vormund. Er hat sich aber nicht zu sehr eingemischt in unsere Familie.

1946 hatte unsere Mutter den Landwirtschaftsbetrieb in Langenweddingen allein ingang gebracht.

Sie hieß Luise Erna Herbst geb. Leiding und war zu dem Zeitpunkt 26 Jahre alt. Sie war Jahrgang 1920.

Wir bekamen auf Zuweisung ein Pferd und einen weißen Maulesel für die Arbeiten auf dem Feld.
Es stellte sich heraus, dass das Pferd krank war. Es war verwurmt und musste behandelt werden.
Es gab keine Medikamente. Mit einer Halteschlinge sollte das Pferd aufrecht gehalten werden. Diese Schlinge bestand aus zwei Seilen, die

um den Körper des Pferdes gelegt wurden und an einem Flaschenzug befestigt wurden.
Dies zeigte keine Wirkung, die Krankheit auszumerzen. Das Pferd musste notgeschlachtet werden.
Nun hatten wir nur noch den weißen Esel.

Unser Hof in Langenweddingen

Unser Großvater, der Vater unserer Mutter, kam aus dem sieben Kilometer entfernten Ottersleben und half uns, den Acker zu bestellen.
1947 ist er plötzlich verstorben. Er wurde 61 Jahre alt, und nun stand unsere Mutter allein da.
Ihr Vater war ihr eine große Stütze, in jeder Hinsicht.
Den Hof in Ottersleben bekam der Bruder unserer Mutter, der zuvor eine Ausbildung zum Bäcker gemacht hatte.

Wir kauften ein Pferd, damit wir mit unserem weißen Maulesel zwei Zugtiere hatten.

Mein weißer Maulesel „Jonny" und ich

1947 wurde ich eingeschult. Wir Kinder mussten von klein an helfen, um die Arbeit zu schaffen.
Ich benötigte Nachhilfeunterricht. Ein Tischlermeister hatte sich dafür bereit erklärt.
Der Erfolg blieb aus. Als ich mit einer blutigen Nase nach Hause kam, hatte meine Mutter den Nachhilfeunterricht abgebrochen.
Der schulische Erfolg stellte sich nicht ein. Im ersten Jahr hatte ich vier verschiedene Klassenlehrer.
Ich war der Jüngste in der Klasse, war recht schmächtig.
Am 2. August wurde ich sechs Jahre alt, und am ersten September wurde ich eingeschult.

In der ersten Klasse blieb ich sitzen. In eine Klasse gingen um die 30 Schüler.
Die Arbeit in der Landwirtschaft hatte mich von klein an, gleich nach Tod unseres Vaters, stark in Anspruch genommen und auch für mein Leben geprägt.
Ab 1950 musste ich mit „meinem weißen Maulesel", ich nannte ihn „Jonny", leichte Arbeiten verrichten.
Wenn ich aus der Schule kam, habe ich meinen „Jonny" angespannt.
Ich fuhr mit ihm zum Acker, um zu arbeiten.
Ich musste Saaten eineggen, weiterhin die Reihen zwischen den Rüben und Kartoffeln auflockern.
Mit einem „Igel" wurde der Boden zwischen den Reihen bearbeitet und das Unkraut zwischen den Reihen entfernt.
Unkräuter wurden mechanisch entfernt, mit der Hacke oder mit Geräten, die zwischen die Reihen durchgezogen wurden.
Das Gerät nannte man „Igel", weil es nach unten Zacken hatte, die einem Igel ähnelten.
Später, als ich älter wurde, habe ich auch mit zwei Pferden gepflügt.
Der Pflug hatte nur ein Schar und somit eine Breite von 15 cm.

Leichte Arbeiten in der Landwirtschaft gab es eigentlich kaum.
Der Bördeboden um Langenweddingen ist ein sehr schwerer Boden.
Bei Nässe klebte der lehmige Schwarzerdeboden an den Füßen.
Wenn es trocken war, war der Boden hart und bekam Risse.
Man nennt den Schwarzerdeboden auch Minutenboden. Er kann seine Eigenschaften aufgrund der Witterung schnell ändern. Es ist nicht unproblematisch ihn zu bewirtschaften, weder die Bestellung mit den Kulturen, noch die Ernte.
Kartoffeln hatten wir nur wenig angebaut. Sie benötigen lockeren Boden, damit die Knollen sich ausbreiten können.
Wir haben hauptsächlich Getreide und Rüben angebaut.

Spät abends kam ich dann vom Feld und war müde.
Das Vieh, welches wir auf dem Hof hatten, wir hatten 20 Schweine, darunter auch Sauen mit Ferkeln, sechs Schafe, Hühner, Enten, Puten, Gänse, sechs Kühe, dazu noch das Jungvieh, mussten auch noch versorgt werden.
Die Trächtigkeit der Kuh dauert neun Monate.
Abwechselnd standen die Kühe während der Trächtigkeit trocken.
Nach dem Kalben gaben sie wieder Milch.
Die Kälber wurden gleich nach dem Abkalben den Kühen weggenommen.
Die erste Milch, die Biestmilch, ein paar Tage nach dem Kalben, konnte nicht in die Molkerei gegeben werden.
Die Milch bekamen das Kalb und die Schweine.
Die Kühe wurden von Hand gemolken. Dazu erforderlich waren ein Eimer und ein Melkschemel.
Da immer in Abständen eine Kuh trocken stand, konnte unsere Mutter die Arbeit schaffen.
Als wir älter wurden, haben wir beim Melken geholfen.
Die Milch wurde zur Annahmestelle gebracht und musste bis sieben Uhr da sein.

Im Winter 1947 brachten wir eine Sau zum Ferkeln in den Keller.
Wir hatten Hochwasser, und es war sehr kalt. Hinter der Scheune verlief ein Graben. Bei normalem Wasserstand hatte er 30 bis 40 cm Wasserstand.
1947 war ein sehr kalter Winter. Durch die Schneeschmelze war aus dem Graben ein reißender Fluß geworden.
Wir hatten Angst, dass die Scheune und die Ställe, wo wir die Tiere hielten, überflutet werden.
Nach einigen Tagen zog sich das Wasser zurück.
Unsere Sau brachte zehn gesunde Ferkel zur Welt, die wir später gegen andere Sachen eintauschten.

Die Jahre vergingen so. Ab und zu hatte ich auch noch Kraft, Schularbeiten zu machen, bei Kerzenschein. In meinen ersten Schuljahren mussten wir immer noch abends ohne elektrisches Licht auskommen.

Ich hatte viele Fehltage in der Schule, musste mit meinem weißen Maulesel „Jonny" arbeiten.
Unserer Mutter brachte es viel Ärger ein. Aber sie musste die Arbeit auch irgendwie schaffen.

Beim Klassentreffen zur Goldenen Konfirmation 2005 in Langenweddingen kam eine Frau auf mich zugelaufen, und es sprudelte nur so aus ihr heraus: „Das ist doch Gunthard. Immer wenn du zu spät zur Schule kamst, sagtest du, mein Maulesel ist doch weggelaufen." Es war ein bewegender Moment. Wir beide waren sehr gerührt.

Je Hektar hatten wir ein Soll zu erfüllen, das hieß, wir mussten eine bestimmte Menge an Ertrag schaffen und zu einem vorgegebenen Preis abgeben.

Auch für Fleisch, Wolle und Milch waren Soll-Mengen vorgegeben mit dem entsprechenden Soll-Preis.

Die Messlatte war so hoch angebracht, dass wir die staatlichen Vorgaben kaum erfüllen konnten.
Hinzu kam, dass wir in der zweiten Gruppe aufgrund unserer Hofgröße mit 15 Hektar eingestuft wurden.

Mit der Bodenreform hatten die Neubauern aufgrund ihrer kleineren Hofgröße ein geringeres Soll je Hektar zu erfüllen. Sie konnten die staatlichen Auflagen einhalten und hatten freie Spitzenpreise für den Überschuss bei den Erträgen.
Dies betraf die pflanzlichen und tierischen Erzeugnisse.

Unsere Mutter heiratete 1951 wieder, genau am 16.11.1951, und hieß von nun an mit Familiennamen Schirmer, kurz Erna Schirmer.

Regina, Elke und ich

Ich hatte nun einen Stiefvater. Stiefvater hört sich altmodisch an, erinnert an Märchen der Gebrüder Grimm. Es traf aber in diesem Fall zu. Albert war mein Stiefvater.
Er war auch im Krieg, kam nach Hause und hatte seine Frau mit einem anderen Mann angetroffen.
Er hatte mit seiner Frau drei gemeinsame Kinder.
Die Ehe war nun für ihn beendet.

Unser Stiefvater Albert neigte zu Jähzorn. Ob der Krieg auch dazu beigetragen hat, kann ich nicht sagen.

Eineinhalb Jahr war der älteste Sohn von Albert in Langenweddingen mit in unserer Familie. Er war zwei Jahre älter als ich. Er hieß auch Albert. Wir nannten ihn „Albertchen".

Einmal hatten Albertchen und ich gemeinsam den Hof gefegt, da sagte er: „Ich glaube unser Vater schlägt Mutter. Es hört sich so an." Er wollte wohl sehen, wie ich reagiere.

Es gab durch Albertchen viel Zank und Streit.
Er war Bettnässer, machte jede Nacht ins Bett.

Unsere Mutter konnte die Belastungen nicht mehr ertragen. Sie waren so schon groß genug.
Der Sohn von Albert fuhr zu seiner Großmutter nach Klüden bei Haldensleben zurück, wo auch seine Mutter wohnte.

Bis nach Klüden sind wir später mit der Pferdekutsche zum „Kränzchenreiten" gefahren. Die Älteren wissen noch, was „Kränzchenreiten" war.
Die Reiter mussten versuchen, vom Mast einen Kranz abzuheben.

Unser Leben, das von mir und meiner Schwester, war vor der Heirat unserer Mutter friedlich verlaufen. Es gab keinen Streit. Unsere Mutter war ein ruhiger Mensch, und es machte Spaß mit ihr zu leben.

1952 ist Elke geboren. Nun hatten Regina und ich eine Halbschwester.

In dem Jahr übernahmen wir auch den Hof in Ottersleben und bewirtschafteten diesen von Langenweddingen aus. Zum Hof gehörten auch zwei Kühe und zwei Pferde.
Der Bruder unserer Mutter ist in den Westen gegangen und hatte seinen Hof im Stich gelassen.

Regina, Elke und meine drei Cousinen

Unsere Mutter hatte außer ihm noch eine Schwester. Sie war von früher Kindheit an taubstumm. Die beiden Schwestern verständigten sich mit der Gebärdensprache.
Die Schwester heiratete später einen Mann, der auch taubstumm war, und sie bekamen drei gesunde Töchter.
Ich hatte als Kind und als Jugendlicher guten Kontakt zu den drei Cousinen. Später hatte sich der Kontakt verlaufen.

Das Leben mit unserem Stiefvater war zeitweise unerträglich. Noch mehr Prügel als ich bekam Regina, da sie Widerreden hatte.
Regina weigerte sich, bestimmte Arbeiten auszuführen.
So wollte sie ungern im Keller Kartoffeln abkeimen, was ihr viel Ärger einbrachte. Welches achtjährige Kind sitzt schon gern im wenig beleuchteten Keller.

Kartoffeln müssen heute nicht mehr abgekeimt werden. Die Kartoffeln für die Schweinemast werden gleich nach der Ernte gekocht und siliert.

Wenn unser Stiefvater wütend war, nahm er die Peitsche und prügelte auf uns ein, bis diese zerbrach.

Einmal fiel mir in der Scheune ein Balken fast auf den Kopf. Mein Stiefvater hantierte auf dem Boden der Scheune damit herum.
Die Situation war aus heutiger Sicht für ihn auch nicht so einfach. Er musste die Erlebnisse aus dem Krieg verarbeiten und das Scheitern seiner Ehe verkraften.

Er sagte öfter auch, „Es ist doch euer Hof."
Regina und ich hatten den Hof geerbt, unserer Mutter gehörte ein Viertel.

Aber fast immer hatte er mitgearbeitet. Im Winter hatte er wohl spannende Bücher, die er lesen musste und hatte mich allein die Tiere versorgen lassen.
Einmal, ich war etwa zwölf Jahre alt, bin ich von hinten an ein Pferd herangegangen.
Das Pferd war auf einem Auge blind. Es schlug aus. Ich fiel gegen den Misthaufen und bin nach zwei Stunden im Bett wieder aufgewacht. Zum Glück hatte ich keine größeren Verletzungen. Nur eine kleine Narbe unter dem Auge ist zurückgeblieben.
Das Pferd sollte einen Tag später beschlagen werden. Ich hatte noch einmal Glück.

Albert war für drei Tage verschwunden, tauchte dann plötzlich wieder auf. Wo er war, haben wir nicht erfahren.

Unsere Mutter wurde geschlagen. Sie rief mich einmal ins Schlafzimmer und sie sprach völlig verzweifelt, „Wenn ich sterben sollte, musst du in die Lüneburger Heide fahren und darum bitten, dass euer Großvater euch zwei Kinder aufnimmt und die Landwirtschaft verwaltet." Der Großvater in der Lüneburger Heide war der Vater meines verstorbenen Vaters.

Er war von Langenweddingen um 1900 nach Posen im heutigen Polen ausgewandert, und durch den Krieg musste er von dort flüchten.
Unser Vater, Walter Herbst, ist in Posen geboren, ging dann nach Ottersleben in die Lehre und arbeitete dort, wo er unsere Mutter kennenlernte.
Sein Vater wollte, dass er zurück nach Posen kommt, aber der Krieg kam dazwischen.
Sein Vater war der Sohn von Ernst Herbst, unserem Urgroßvater, und hieß auch Ernst.

Da die Verhältnisse in der Wirtschaft schwierig waren, konnte er seine drei Geschwister nicht auszahlen.
Unser Großvater und sein Bruder wanderten aus diesem Grund nach Posen aus.
Sie betrieben dort eine Wassermühle.
Der Hof unseres Urgroßvaters befand sich am Dorfrand von Langenweddingen und hatte eine Größe von 60 Hektar. Dazu gehörten Obstplantagen, die hauptsächlich bepflanzt waren mit Kirsch- und Apfelbäumen.
Der Grundbesitz ging größtenteils in den Park von Langenweddingen über. Die Leute von Langenweddingen erzählten oft von unserem Urgroßvater. Die Rede war auch davon, dass er für die Jungs vom Dorf einen Hasen schoss und für sie dann zubereitete.
Er hatte als alter Mann ein Pferd zum Reiten. So war er beweglich und konnte sich alles ansehen.
Eine Schwester unseres Großvaters war mit einem Tierarzt verlobt.

Sie musste die Verlobung wieder lösen und einen Bauern heiraten. Sie bekam den Hof vom Urgroßvater in Langenweddingen übertragen. Somit ging der Hof auf Neum über.
Eine Schwester blieb unverheiratet, da keine Mitgift vorhanden war.

Unser Vater erbte den Hof von einer Großtante, die selbst keine Kinder hatte.
Die Eltern unseres Vaters hatten acht Kinder in die Welt gesetzt. Vier sind als Kinder gestorben, die anderen vier auch vor ihren Eltern.
Unsere Mutter hatte zusammen mit Regina und mir 1956 die Großeltern in der Lüneburger Heide, nahe Walsrode, besucht.
Beide sind kurz hintereinander im darauffolgenden Jahr verstorben.
Unser Großvater wurde 88 Jahre alt, unsere Großmutter war etwas jünger.

Die Großtante unseres Vaters, von der er den Hof geerbt hatte, war 25 Jahre jünger als ihr Mann. Da der Mann verstorben war, konnte sie den Hof nicht mehr allein bewirtschaften und hatte den Acker verpachtet. Der Hof bestand nur aus Acker- und Hoffläche.
Eine Fläche von sechs Hektar hatte ein Großbauer gepachtet, der gegenüber der Hofstelle wohnte und dort seinen Hof hatte.

Die Fläche ist später etwas fragwürdig nach dem Krieg auf seinen Besitz übergegangen. Dadurch hatte der Bauer später eine Fläche über 100 Hektar und wurde durch die Bodenreform 1946 enteignet.
Er hatte Langenweddingen verlassen, ging vermutlich in den Westen. Von allen, die auf seiner Straße lebten, verabschiedete er sich, nur nicht von unserer Mutter, erzählte man sich später.

Unsere Oma mütterlicherseits war zeitweise mit auf dem Hof und half bei der Arbeit, auch in der Zeit als Albertchen noch da war.
Einmal stiftete Albertchen uns an, nach Ottersleben zu gehen, wo

unsere Eltern auf dem Feld arbeiteten. Alle drei, Regina, Albertchen und ich zogen los, machten uns auf den sieben Kilometer langen Fußmarsch.
Unsere Oma hatte uns in Langenweddingen überall gesucht und die Arbeit musste sie allein schaffen.
Wir bekamen alle drei eine Tracht Prügel von Albert, bis die Peitsche zerbrochen ist. Als wir wieder zu Hause waren, mussten wir die Arbeit, die liegengeblieben war, auch noch nachholen.
Albert hatte immer wieder eine neue Peitsche. Wir hatten Haselnußsträucher im Garten.
Unsere Oma mütterlicherseits ist 1976 im Alter von 88 Jahren verstorben.

Ich bin bis 1955 in die Grundschule gegangen. Anschließend habe ich bei unserer Mutter eine Lehre als Landwirt begonnen und in ihrem Betrieb abgeschlossen.
Im volkseigenen Gut in Schwaneberg habe ich 1957 die Facharbeiterprüfung bestanden.
Während der Lehre war ich eine wichtige Arbeitskraft und Hilfe für unsere Mutter, und wir sind so über die Zeit gekommen, bis wir 1959 in die LPG (Landwirtschaftliche Produktionsgenossenschaft) eingetreten sind.
In dieser Zeit hatte sich auch die Ehe unserer Mutter mit Albert entspannt.

1959 habe ich die Führerscheinprüfung in Wanzleben bestanden und später einen gebrauchten P 70, der etwa so aussah wie die Ente von Volkswagen, gekauft. Der P 70 kostete 6000 Mark. Ich hatte eisern dafür gespart.

1959 wurde ich LPG-Mitglied, und es war mir möglich, Geld zu verdienen.

Das Vieh, welches wir hatten, ging in die LPG mit ein. Die Hofstelle wurde von der LPG nicht genutzt. Wir konnten weiter Tiere halten.

Ich fuhr zuerst nur unser Pferdegespann, transportierte unter anderem Rüben zum Bahnhof.
Den weißen Maulesel „Jonny" hatten wir von 1947 bis 1958, so lange wir allein wirtschafteten. Vor Eintritt in die LPG wurde der Maulesel an eine Rossschlächterei verkauft.
Im Herbst 1958 habe ich vor Übergabe unseres privaten Landwirtschaftsbetriebes in die LPG bereits Rüben mit unserem Pferdegespann gefahren.
Auf dem Feld wurden die Rüben mit der Forke aufgeladen und mit der Forke in den Waggon geworfen.
Dies machten wir bis zu viermal am Tag, vier Pferdewagen wurden vollgeladen und wieder abgeladen. Mit Güterzügen wurden die Rüben in die Zuckerfabrik transportiert.

Nach ein paar Monaten brauchte man Leute im Kuhstall.
Mit drei Frauen haben wir cirka 70 Kühe gemolken, von Hand.
Jeder musste rund 20 Kühe mit der Hand melken.

Gut zwei Jahre habe ich im Stall gearbeitet. Die Arbeitskräfte wechselten. Ich bin als Verantwortlicher in dem Kuhstall geblieben.
Als ich mit einem jungen Mann in meinem Alter zusammen im Stall gearbeitet habe, kam es vor, dass dieser keine Lust hatte und öfter verschlief, und ich seine Kühe auch noch melken musste.
Wir mussten früh aufstehen, und im Rhythmus von zwölf Stunden mussten die Kühe jeden Tag gemolken werden.
Das Ausmelken der Kühe ist wichtig, da sie sonst euterkrank werden.
Ein paar Mal habe ich 50 Kühe allein von Hand gemolken.
Die Kühe gaben damals noch nicht so viel Milch wie heute. Sie hat-

ten eine Jahresleistung von rund 3000 Liter je Kuh. Man konnte es schaffen, 10 bis 20 Kühe mit der Hand zu melken.

Das erste Mal im Leben hatte ich auch etwas Freizeit.
Mit meinem P 70 fuhren wir ins 10 km entfernte Magdeburg.
Es passten gar nicht so viele in das kleine Fahrzeug wie mitwollten.

Ich hielt mich als Kind und auch später viel bei Willi Neum auf. Er war der Cousin unseres Vaters und betrieb die Wassermühle meines Urgroßvaters in Langenweddingen sowie auch die dazugehörige Landwirtschaft. Mit den Wassermühlen wurde das Getreide gemahlen.
Er war krank und wollte die Wassermühlen im Umkreis von Langenweddingen noch einmal sehen. Ich erfüllte ihm den Wunsch und fuhr ihn mit meinem P 70 über die Dörfer.

Meine Cousinen und Freunde kamen mit nach Magdeburg ins Kino. Zweimal in der Woche bin ich nach Magdeburg zur Abendschule gefahren und habe die 8. Klasse nachgeholt.

1961 wollte ich im Herbst eigentlich zur Meisterschule für Tierzucht nach Barby gehen.
Zwischenzeitlich wurde ich Mitglied der FDJ (Freie Deutsche Jugend) und kam über ein FDJ-Aufgebot zur Armee, der NVA (Nationale Volksarmee). Mehr oder weniger war es freiwilliger Zwang.

Ich wurde also Soldat und wurde nach Rostock eingezogen.
Nach dem Grundwehrdienst wurde ich SPW-Fahrer, fuhr einen schweren Panzerspähwagen. Dieses Fahrzeug ähnelte einem Panzer, hatte anstatt der Ketten aber Räder, sechs gewaltige Räder.

Nach der Grundausbildung übergab man mir einen Lehrgefechtswagen.

In einem Batallion waren zwölf Fahrzeuge, wovon vier als Lehrgefechtswagen dienten.
Diese Fahrzeuge wurden für Schießübungen und Kompanieübungen im Batallion eingesetzt.
Außerdem wurde mein Fahrzeug als Ausbildungsfahrzeug für Fahrschüler genutzt.

Ich wurde Ausbilder für junge Männer, die schon eine Fahrerlaubnis im zivilen Sektor hatten.

Diese Arbeit war für mich interessant, und man gab mir auch viel Freiraum.

Ich konnte mit meinem Fahrzeug allein aus der Kaserne herausfahren und mir den Dienst einteilen.

Zu den Kompanieübungen wurden vier Panzerspähwagen angefordert.

Ich musste meist bei Schießübungen die Absperrposten um das Schießgelände absichern.
Ich kannte mich gut in dem Gebiet um Gralmüritz, wo unser Übungsplatz lag, aus.
In Erinnerung geblieben ist mir, dass wir einen Absperrposten erst nicht gefunden haben.
Er saß auf einem Baum und hatte zuvor ein Wildschwein erlegt, das ihn angegriffen hatte.
Als Fahrer eines Panzerspähwagens hatten wir immer „Schwarzmunition" dabei.
Es wurden Schießübungen mit dem Panzerspähwagen durchgeführt.
Die Seitenscheiben des Panzerwagens hatten eine Öffnung zum Schießen. Bei den Schießübungen hatten Patronen auch mal eine Ladehemmung, und die schleuderten unter den Tank.

Wir konnten dem Soldaten, der auf das Wildschwein geschossen hatte, helfen und ihm eine volle Patrone geben. Eigenmächtig schießen durfte er nicht.
Unser Koch hatte auch an der Übung teilgenommen und konnte uns einen leckeren Wildschweinbraten anrichten.
Die Zeit in Rostock war für mich eine schöne Zeit. Die Einheit in Rostock war gut.
In Rostock habe ich Schwimmen gelernt. Wir sind oft ausgegangen. Das Geld, welches wir als Freiwillige bekamen, hatte nie gereicht. Rostock war ein „teures Pflaster".

Ich wurde gemeinsam mit einem weiteren Soldaten vier Wochen als Fahrer nach Schwerin abgestellt.
Da ich als Fahrer nichts zu tun hatte, habe ich eine Woche für einen Soldaten Wache „geschoben", damit er in Urlaub fahren konnte.

Nach vier Wochen waren wir wieder in Rostock.
In diese Zeit fiel 1963 die Kubakrise.
Aus dem Grund wurden wir mit unseren Fahrzeugen in eine andere Einheit abberufen.
Unter den beiden Einheiten fand ein Tausch statt von Fahrern und Fahrzeugen.

Die Panzerspähwagen waren als Gefechtswagen besser zu gebrauchen als die LKW.

Es war erforderlich, die Fahrzeuge alle zwei bis drei Stunden zu starten. Wir mussten in den Kampfanzügen schlafen.
Während der Armeezeit habe ich mehr als 20 kg zugenommen. Ich wurde mit 70 kg eingezogen und mit 95 kg entlassen.
Ich hatte mich für zwei Jahre verpflichtet. Nach eineinhalb Jahren konnten wir den Dienst beenden.

Ich wollte noch länger machen, aber unsere Mutter war dagegen.
Ich war ihr immer die größte Stütze, denn auch während der LPG-Zeit gab es zusätzlich Arbeit auf unserem Hof.
Wir hielten weiterhin Schweine, Hühner, Enten, allerhand Haustiere.
Es gab viel Arbeit, und ich habe unsere Mutter nicht länger ohne meine Hilfe lassen wollen.

In der LPG wurde ich als Traktorist eingesetzt. Die erforderliche Qualifikation hatte ich bei der Armee erworben.
Den Gedanken, eine Ausbildung in der Tierzucht weiterzuführen, eine Meisterschule zu besuchen, hatte ich nicht mehr weiter verfolgt. Ich hatte mich mit der Technik angefreundet.
Für die Tierzucht hatte ich keine so große Lust mehr.

1963 meldete ich mich wieder in Magdeburg zur Abendschule an und beendete die 10. Klasse.
Als Traktorist verdiente ich gutes Geld und fuhr weiterhin mit meinem P 70 durch die Landschaft.

In der LPG wurde ich in den Vorstand gewählt und konnte mich um die Belange der LPG-Mitglieder kümmern.
Von der LPG wurde ich zum Bauernkongress nach Schwerin geschickt. Dort wollte mich eine ander LPG abwerben und zum Studium schicken.

Ich war damals noch nicht bereit, woanders hinzugehen, was ich später bereut habe.

1963 habe ich an einem Lehrgang, durch die LPG organisiert, in Arendsee teilgenommen.
Bei diesem Lehrgang lernte ich meine Frau kennen.
Der Lehrgang fand im „Berliner Hof" statt, wo sie in der Küche arbeitete.

Im November 1964 heirateten wir.

Ab ersten Januar 1965 meldete ich mich in Arendsee im Rathaus an. Nach langem Hin und Her habe ich von dort eine Genehmigung bekommen, dass ich nach Arendsee ziehen konnte, eine sogenannte Zuzugsgenehmigung.
Ich sollte mich verpflichten, in der Rinderzucht der LPG zu arbeiten.

Es ergab sich dann aber, dass ich Fahrer in der BHG (Bäuerliche Handelsgenossenschaft) Arendsee wurde.

Wir wohnten in der ersten Zeit in einem Zimmer im Gebäude der ehemaligen Bäckerei in der Bahnhofsstraße, wo meine Frau ein Zimmer gemietet hatte.

Mit einem LKW, und hauptsächlich mit einem Traktor, fuhr ich zwei Jahre lang Kohlen, Dünger, Kalk und Baumaterialien aus.
In Einzelfällen, wenn man mit dem Fahrzeug nicht anders heran kam, haben wir die Kohlen mit der Kiepe ausgetragen.

Mit Güterzügen wurden die Frachten nach Arendsee gebracht und vom Waggon in Fünftonner-Hänger umgeladen.

1967 begann ich eine Arbeit als Schlosser im KfL (Kreisbetrieb für Landtechnik) in Arendsee und gleichzeitig eine Umschulung als Schlosser. Der Kreisbetrieb für Landtechnik war auf dem Territorium ansässig, wo sich heute der Sportplatz und die Fahrschule Meyer befinden.
Nach etwas mehr als einem Jahr war ich mit der Umschulung als Schlosser fertig und fing gleichzeitig mit der Meisterschule in Osterburg an, die ich 1969 abschloß.

1965 kauften wir uns ein Zweifamilienhaus im Villastil direkt am Arendsee gelegen.
Die obere Wohnung war vermietet, und die untere Wohnung nutzten wir gemeinsam mit Frau Zimmermann.

Wir nutzten die Küche und das Bad gemeinsam mit Frau Zimmermann und hatten noch ein Zimmer für uns. Frau Zimmermann hatte die übrigen beiden Räume genutzt, ein Wohn- und ein Schlafzimmer. Sie war 82 Jahre alt.
Frau Zimmermann war verwitwet. Ihr Mann hatte 1912 das Haus gebaut. Er war im ersten Weltkrieg gefallen.
Wir nutzten noch die beiden Erkerzimmer im Obergeschoss.
Frau Zimmermann ist 1969 verstorben.

1965 ist unsere Tochter geboren und 1970 unser Sohn.

Ich wollte Geld verdienen, um es am Haus anwenden zu können.

Darum habe ich mir zwei Morgen Acker gepachtet und Gemüse angebaut, Grünkohl, Sellerie, aber vor allem Gurken, einen halben Morgen.
Meine Frau arbeitete während unserer Ehezeit halbtags im Möbelwerk „Konsum Holz". Heute arbeitet dort eine Firma, die ursprünglich aus Höwisch kam.
Wir verdienten gutes Geld. Uns ging es gut.

1967 hatte ich große Eheprobleme. Das Vertrauen zu meiner Frau war gebrochen, und ich wollte mich scheiden lassen.
Bei meinen Eheproblemen fragte ich unsere Mutter um Rat. Unsere Mutter redete mir zu, es noch einmal zu versuchen. „Schafft euch doch noch ein Kind an", war ihre Reaktion. 1970 wurde unser Sohn geboren.

Es gab aber während unserer Ehe immer wieder Differenzen.
Ob ich zu sehr eifersüchtig war, oder ob meine Frau durch meine Arbeit zu viel Freiraum hatte. Es sind ja immer zwei Menschen, die unterschiedliche Interessen und Auffassungen haben.

Sehr stolz war ich auf unsere beiden Kinder. Sie waren mein Lebensinhalt, mein „ein und alles" und sollten es einmal besser haben als ich.

Im KfL arbeitete ich bis 1970. Gleichzeitig hatte ich mich zum Schlossermeister qualifiziert.

1970 ging ich zur LPG nach Schrampe und arbeitete dort als Mechaniker.
Wir reparierten und warteten die Landmaschinen und Traktoren.

Die Veränderung in der Landwirtschaft war in den zurückliegenden gut zwanzig Jahren für mich hautnah mitzuerleben.
Während meiner Kindheit hatte fast die Hälfte der arbeitsfähigen Bevölkerung in der Landwirtschaft gearbeitet.
Pferdegespanne gehörten der Vergangenheit an. Traktoren zogen die Maschinen und Hänger. Es gab die ersten Mähdrescher, Rübenkombinen, Kartoffelvollerntemaschinen.
Die Arbeit konnten immer weniger Leute schaffen.
Auch das Melken mit der Hand gehörte der Vergangenheit an.
Kannenmelkanlagen und Rohrmelkanlagen erleichterten die Arbeit.

Die ehemalige Werkstatt befand sich direkt am Schramper Eck.
Später, 1973, wurde an der rechten Straßenseite vor Schrampe, ein größerer Technikstützpunkt errichtet. Nach einem Brand ist noch nicht alles weggeräumt worden.

Die Arbeit in der LPG-Werkstatt als Mechaniker hatte mich nicht zufrieden gestellt. Ich hatte auch nicht sehr viel verdient.
So bewarb ich mich in Salzwedel im Chemiewerk. 1973 wurde ich als stellvertretender Werkstattmeister eingestellt. Durch die Schichtarbeit, Arbeit im Vier-Schicht-System, bekam ich monatlich 150 DM mehr Lohn. Durch die Schichtarbeit hatte ich aber auch mehr freie Zeit und arbeitete zu Hause.
So richtete ich mir eine kleine Werkstatt ein. Ich baute z.B. Wassertreter für die Urlauber. Der Kurbetrieb kaufte mir diese ab, und Badegäste konnten diese mieten.
In Arendsee gab es mehrere Kinderferienlager. Die Betriebe stellten Urlaubsdomizile für ihre Arbeiter, Bauern und Angestellten zur Verfügung. Wohnwagen, Bungalows und Unterkünfte in Hotels standen für sie bereit. Die Finanzierung erfolgte größtenteils über die Betriebe.
Man muss aber auch sagen, dass die Menschen zufriedener waren, keine so hohen Ansprüche an die Unterkünfte stellten wie heute.

Ich hatte auch eine Unterkunft für Urlauber auf unserem Grundstück errichtet und diese an die LPG in Langenweddingen vermietet.
Meine beiden Schwestern, Regina und Elke, sind auch gern nach Arendsee gekommen, um Urlaub zu machen.

Wenn ich mit meiner Familie in den Urlaub gefahren bin, hat Regina mit ihrer Familie in Arendee Urlaub gemacht und das „Haus gehütet".

Elke ist als Schülerin mit der Cousine meiner Frau jedes Jahr zu uns in Urlaub gekommen.
Als Elke älter wurde, etwa 18 Jahre alt, kam sie mit ihrem Freund nach Arendee. Sie wollten aber nicht bei uns Urlaub machen, sondern auf dem Campingplatz. Dazu nahmen sie von uns Matratzen und andere Sachen mit.

Nach zwei Tagen Urlaub kam die Cousine Magitta zu uns. Sie hatte bei uns Urlaub gemacht, und war ganz verstört: „Elke ist vor der Brauerei in Salzwedel mit Herbert mit dem Motorrad gestürzt." Elke kam in Salzwedel ins Krankenhaus. Sie hatte einen komplizierten Oberschenkelbruch. Herbert war verschwunden. Das Motorrad war kaputt.
Von Herbert haben wir nach dem Unfall nichts mehr gehört.
Ich habe mit einem Handwagen die Sachen vom Campingplatz weggeholt.
Elke wurde mit Unterstützung der Eltern in ein Krankenhaus in Magdeburg verlegt.

Im gleichen Jahr, einige Monate später, stand ein Bezirksausscheid der Feuerwehr in Wanzleben an.
Mein Feuerwehrkumpel Mittendorf sprach mich an: „Du, da ist doch dein Schwager". Wir hatten mit Familie Mittendorf Kontakt, und er hatte Herbert kurz kennengelernt.
Mittendorf rief dann in die Runde: „Du alter Freund. Gibst du einen aus für uns Arendseer." Herbert hatte sofort die „Kurve gekratzt".
Mit Elke hatte er zu dem Zeitpunkt keinen Kontakt mehr.
Später haben beide geheiratet.

Es kam zu weiteren Zwischenfällen. Einmal musste ich dem Arzt helfen. Ein etwa zehnjähriger Junge erlitt im Ferienlager einen Unfall. Er kam mit der Hand in die Kette der Toilettenspülung. Früher war der Spülkasten oberhalb der Toilette angebracht. Zum Ziehen der Kette war unten ein Porzellanende befestigt.
Dieses fehlte vermutlich, und der Junge zog sich einen Draht durch die Hand.
Doktor Schulz bat mich um Hilfe, den Draht zu entfernen.
Mit einem Seitenschneider habe ich den Draht abgeschnitten.
Der Junge hatte fürchterlich geschrien, als er mich mit dem Seitenschneider sah noch mehr.

Etliche Male kam es in Arendsee auch zu Badeunfällen.
Ein Feriengast von uns, der im Jahr zuvor auch da war, wollte seinem Sohn einen Kopfsprung im Strandbad zeigen. Er sprang von der Brücke und brach sich die Wirbelsäule. Nach drei Tagen verstarb er im Krankenhaus in Seehausen.

An den Schichtbetrieb gewöhnt habe ich mich nie so richtig. Es war nicht so einfach, den Lebensrhythmus zu finden. Nebenan war der Kindergarten untergebracht, und wenn ich nach der Nachtschicht schlafen wollte, machten die Kinder vormittags draußen viel Lärm.

Von Arendsee nach Salzwedel, 25 km, fuhr ein Bus. Viele Arendseer und Leute aus der Umgebung sind nach Salzwedel zur Arbeit gefahren. Im Chemiewerk war ich für die Wartung aller Förderanlagen und Erdgasanlagen zuständig.
Im Chemiewerk bin ich im Verlaufe von zehn Jahren in den großen Stahlbau hineingewachsen. Wir haben Projekte, die von den leitenden Ingenieuren erstellt wurden, umgesetzt. Dabei haben wir Säurebehälter geflickt und gummiert, ebenso neue gebaut. Weiterhin haben wir Stahltreppen und Geländer hergestellt sowie Förderanlagen neu installiert und repariert.
Bei Vertretung für den Werkstattleiter war ich für 35 bis 40 Schlosser verantwortlich.
Im Chemiewerk am Rande von Salzwedel arbeiteten rund 800 Leute im Vier-Schichtsystem. Eine Schicht hatte frei. In einer Schicht wurden etwa 30 Waggons, also 30 Güterwagen, mit Superphosphat beladen und abtransportiert.
Wir haben die Lokomotiven auch selbst bei uns in der Werkstatt repariert. In den 70-iger Jahren wurde die Herstellung von Aluminiumflorid entwickelt. Wir lieferten später größere Mengen für Bierfilter aus. Ebenso wurde Schwefelsäure hergestellt. Dazu wurden Etagenöfen

benötigt. Bei hohen Temperaturen musste der Innenraum dieser Öfen repariert werden.
Das Chemiewerk in Salzwedel gehörte zum Werk Coswig.
Im Chemiewerk habe ich zum größten Teil mit Hans Rose zusammen gearbeitet. Er hatte Maschinenbau studiert und war leitender Projektant. Nach der politischen Wende ging er in den Vorruhestand, war erst Mitte 50. Bei größeren Aufträgen während meiner Selbständigkeit habe ich längere Zeit mit ihm zusammen gearbeitet, bis zu dem Zeitpunkt, als seine Frau schwer krank wurde und kurze Zeit später verstarb. Die Zusammenarbeit mit ihm war sehr angenehm. Auch der Kontakt mit seiner Frau, die sehr temperamentvoll und aufgeschlossen war, tat gut.

Zu Hause hatte ich meine Ackerfläche auf zweieinhalb Morgen erweitert (ein Hektar hat 4 Morgen). Ich baute weiterhin Gurken, Sellerie, Grünkohl an und belieferte die Schulküche und die Betriebsküche. Durch Zusammenarbeit mit der Firma Ziems, mit der ich befreundet war, bekam ich für die Feldbestellung einen Traktor zur Verfügung gestellt. Die Firma Ziems betrieb ein Sägewerk.

1984 habe ich mich als Schlossermeister in Arendsee selbständig gemacht. Um eine Genehmigung zu bekommen, musste ich mich zum Schweißtechnologen qualifizieren.

Es gab viel zu tun in Arendsee und Umgebung. Mein Auftragsbuch war zwei Jahre im Voraus ausgebucht.
Mit einem Auto und Hänger bin ich zu meinen Kunden gefahren, um die Arbeiten dort durchzuführen.

Nach zwei Jahren bildete ich Lehrlinge aus.
Die Arbeit mit Jugendlichen hatte mir Freude bereitet, und ich bin von ihnen akzeptiert worden.

Zuvor, 1983, hatte ich eine Werkstatt errichtet in der Größe 10 m x 8 m. Ebenso hatte ich vorher eine Ferienwohnung 12 m x 4,5 m gebaut und an die LPG in Langenweddingen vermietet. Das Grundstück, unmittelbar am See gelegen, bot sich dazu an.
Durch die Ferienwohnung und die Gäste hatte ich einen guten Kontakt zu den Leuten in der LPG und zu Langenweddingen, meiner alten Heimat.

In Langenweddingen ereignete sich 1966 ein schweres Unglück. An einem Bahnübergang ist ein Tankwagen vollgefüllt mit Kraftstoff in einen Zug gerast. In dem Zug waren mehrere hundert Ferienkinder, die in Ferienlager fahren wollten. Es gab mehr als hundert Tote und Schwerverletzte.

Meine Werkstatt baute ich so, dass sie zur Wohnung umgebaut werden konnte, sollte meine Schlosserei nicht mehr laufen. In dieser Zeit wurde meine Schwiegermutter krank.
Meine Schwiegermutter musste, genau wie meine Mutter nach dem Krieg, allein ihren Mann stehen und den Bauernhof, den sie hatten, allein weiterführen.
Ihr Mann war im Krieg geblieben, und sie musste sehen, wie sie sich und ihre beiden Töchter durchbrachte.
Dass alle, sie und ihre beiden Töchter sehr darunter litten, läßt sich denken.

Meine Schwiegermutter war an der Lunge erkrankt und wurde in Vogelsang, bei Magdeburg, behandelt. Sie hatte nachdem noch fünf Jahre gelebt und ist 1983 in Arendsee verstorben. Meine Frau hatte zu dem Zeitpunkt aufgehört zu arbeiten. Man hatte sie freigestellt.

Während der Ehe, in der Zeit als meine Schwiegermutter noch lebte, habe ich mich eingesetzt, dass beide Schwestern ihr Erbe teilen. Es war nicht so einfach, die Flurkarten zu bekommen. Mit Unterstützung der Nachbarn konnte ich die Flurstücke ausfindig machen.

Die Flurstücke wurden auf beide Schwestern aufgeteilt und im Grundbuch umgeschrieben.
Meine Frau bekam rund 40 ha Ackerland und ein paar Hektar Wald, dazu ein Arbeiterhaus überschrieben.
Meine Frau verhielt sich recht unbeteiligt. Sie hatte wenig Interesse an einer Erbauseinandersetzung mit ihrer Schwester. Zu dem Zeitpunkt spielten die Besitzverhältnisse eine untergeordnete Rolle.
Das Haus, es war vermietet, habe ich mit Hilfe meiner Firma zu einem schmucken Einfamilienhaus hergerichtet.

Im Jahr 1984 zu Weihnachten stand ich mit meinem Maurer am Schweißtisch. Er half mir bei Maurerarbeiten in der Werkstatt, und wir tranken ein Bier. Wir unterhielten uns, und meine Frau kam mit einem alten Mann auf den Hof. Als sie näher kamen, erkannte ich meinen Schwager Willi. Er hatte die Schwester meiner Frau geheiratet, war aber durch meine Frau, die ihn schon eher kannte, nach Peulingen gekommen. Er sah sehr heruntergekommen aus, war von seiner Frau geschieden. Er wollte zu seiner Cousine nach Kaulitz gebracht werden.
Meine Frau fuhr ihn dorthin. Sie konnte ihn aber nur bis zum Schlagbaum bringen.
Das letzte Ende musste er laufen.
Ich habe ihn nicht wieder gesehen, denn er ist kurze Zeit später verstorben.
Mit meinem Schwager hatte ich öfter zu tun. Er war Feldbaubrigadier in Peulingen. Ich reparierte für die LPG Traktoren.

In meiner Werkstatt gab es immer genug zu tun. Für das Ferienlager „Maurice Thorez" mussten laufend Betten geschweißt werden, da die

Kinder damit nicht ordentlich umgingen. In dieses Ferienlager kamen auch Kinder aus anderen Ländern, sogar aus Frankreich.
Heute trägt es die Bezeichnung „KIEZ" – Kindererholungszentrum.
Es ist gut, dass es erhalten und weitergeführt werden konnte.
Es ist ein modernes Kinder- und Jugendzentrum geworden und liegt nicht weit entfernt vom See. Das Kindererholungszentrum ist umgeben von Laubbäumen und Kiefern. Der Boden um Arendsee herum ist sehr sandig. Wir haben hier große Waldbestände, hauptsächlich Kiefern.
In den Wäldern wachsen Heidelbeeren und Pilze.
Die Kinder kommen gern nach Arendsee.

Es hätte sich auch gelohnt, um das „Waldheim" stärker zu kämpfen.
Es hatte eine gute Lage direkt am See und eine Bootsanlegestelle.
Es führten wohl zu viele negative Umstände dazu, dass dieses Projekt gescheitert ist.

In dem Ferienlager bauten wir das Heizhaus um.
Es gab auch Arbeiten an der Grenze, wo die Schlagbäume repariert werden mussten.

Näher an den Zaun ließen sie uns nicht heran.

Mit dem Material war es so eine Sache. Dies gab es auf Zuteilung.
Sehr oft bin ich zum Schrottplatz gefahren und habe mir von dort Material geholt und aufgearbeitet.

Schweißqualifiakationen hatte ich bereits als Schlossermeister. Nun musste ich mich zusätzlich zum Schweißtechnologen qualifizieren und nahm an einem Lehrgang in Kalbe teil.
Der Lehrgang dauerte ein halbes Jahr, und einmal in der Woche musste ich daran teilnehmen.

Mit diesem Nachweis konnte ich Schweißarbeiten beaufsichtigen.
Später kamen zahlreiche Qualifikationen dazu. Schweißerprüfungen gelten nur zwei Jahre und mussten später laufend wiederholt werden. Und die Lehrgänge kosten viel Geld. Auch zu DDR-Zeiten waren die Zulassungsbedingungen gesetzlich vorgeschrieben. An die Schweißer wurden hohe Anforderungen gestellt.
Die höchste Schweißerqualifikation ist der „Europäische Schweißfachmann", die ich gleich 1990 abgelegt habe.

In dieser Zeit bis 1990 hatte ich keine Kredite. Mein Haus und meine Werkstatt waren schuldenfrei, und ich fuhr einen LADA.
Zweimal war ich in dieser Zeit in der Sowjetunion, zweimal war ich in Ungarn.

Einmal lerntern wir bei einer Reise in die Sowjetunion Russen in der Bar im 17. Stock des Hotels kennen und machten mit ihnen einen Umtrunk. Wir tranken mit den Russen Mandellikor.
Es war der letzte Ferientag im Hotel in Sotschi.
Am nächsten Tag mussten wir mit dem Zug zum Flugplatz fahren.
Wir beiden deutschen Männer kamen morgens nicht aus dem Bett.
Die Frauen hatten weniger getrunken als wir.
Den Zug hatten wir dann noch geschafft.

Nach Ungarn waren wir mit einem zum Klapp-Fix umgebauten Hänger, der hinter den LADA gehängt wurde, gefahren.
Der Hänger diente als Liegefläche, und wir konnten alle drei darauf schlafen.
Beim ersten Mal waren wir mit Familie Stang aus Arendsee zusammen nach Ungarn gefahren.
Sie hatten einen LADA wie wir auch und einen Wohnwagen dahinter.
Ein weiteres Mal waren wir allein in Ungarn auf einem privaten Zeltplatz wieder am Ballaton. Wir hatten den Wohnwagen meiner

Schwester nutzen können. Der war doch etwas komfortabler als der Klapp-Fix. In diesem Urlaub war auch unsere Tochter mitgekommen.
Wir brachten aus Ungarn einen Motorradhelm mit, den wir verstecken mussten vor dem Zoll. Die Zöllner nahmen unser Auto und unseren Hänger unter die Lupe. Ich hatte die Sitzklappe im Hänger angehoben, aber zufällig die falsche Seite. Meine Familie hat im Auto mächtig vor Angst geschwitzt.
Den Helm hatte unser Sohn nur einmal genutzt beim Motarradfahren. Danach wurde er schwer krank.
Er war 1986 inzwischen 16 Jahre alt und wollte bei mir lernen. Er hatte von klein an viel bei meiner Arbeit zugesehen und gern geholfen. Ohne Ausbildung hatte er die Kenntnisse eines Lehrlinges im ersten Ausbildungsjahr.
Er konnte die Lehre aber nicht antreten aufgrund seiner Krankheit.

Im Krankenhaus Seehausen konnten die Ärzte nicht feststellen, was er hatte. Er fieberte sehr stark.
Meine Frau wollte nicht mehr mitkommen ins Krankenhaus. Sie hatte unseren Sohn aufgegeben.
Ich zwang sie mitzukommen. „Du kommst mit!"
Nochmals habe ich mit dem Arzt gesprochen. Ich hatte ihn gebeten, ihn in eine Spezialklinik zu bringen. Von meiner Schwiegermutter wusste ich von der Klinik Vogelsang.
Am nächsten Tag wurde unser Sohn liegend nach Vogelsang in der Nähe von Magdeburg gebracht.
Die Körpertemperatur ging zurück. Er musste in einem Bett mit einem Gipspanzer liegen. Was er richtig hatte, wurde uns nie erzählt.

Unsere Mutter lag 1986 auch im Krankenhaus. Sie war sehr stark zuckerkrank. Sie ist im gleichen Jahr gestorben. Sie wurde 66 Jahre alt. Ich habe sie regelmäßig in Langenweddingen besucht.

Albert ist 1978 im Alter von 60 Jahren verstorben.

Unsere Mutter hatte sich in der Scheune einen Raum ausgebaut, an der Seite, an der der Graben verlief. Dort befand sich der Hühnerauslauf.

Die Hühner mussten, um zu ihrer Grünfläche zu kommen, den Graben überqueren und über eine Brücke laufen.
Unsere Mutter saß oft allein da und träumte vor sich hin.

Elke war mit ihrem Mann gleich nach der Heirat ausgezogen, und sie haben sich im Nachbarort später ein Haus gebaut.
Sie hatte Abitur gemacht und gleichzeitig Schweinezucht gelernt.
Ich hatte ihr ein Akkordeon geschenkt. Sie nahm Unterricht und hat oft zu feierlichen Anlässen auf ihrem Akkordeon gespielt und uns damit viel Freude bereitet.

Regina wurde Verkäuferin und hat sich zusammen mit ihrem Mann ein Haus ausgebaut.

Unser Sohn war 1986 ein halbes Jahr in Vogelsang. Ich habe ihn jeden Mittwoch und Sonntag dort besucht. Als Selbständiger konnte ich mir die Zeit einteilen. Sonntags kam meine Frau zur Besuchszeit mit.

Unser Sohn fing bei mir im Betrieb an zu lernen. In der ersten Zeit konnte er nicht einmal die Schultasche tragen, und ich fuhr ihn zur Schule nach Salzwedel.
Seine Gesundheit stabilisierte sich. Auch in der Schule kam er sehr gut mit.
Im zweiten Lehrjahr nahm er an einer Abendschule in Salzwedel teil und erwarb dort das Abitur. Während der Krankheit hatte ich mit dem Schuldirektor gesprochen, ob es nicht sinnvoll wäre, anstatt der Lehre Abitur zu machen. Unser Sohn wollte dies aber nicht.

In der Schule hatte er erst mit 12 Jahren Englischunterricht. In diesem Fach hatte er ein großes Defizit. Ich kümmerte mich darum, dass er Nachhilfeunterricht bekam.
Seine Nachhilfelehrerin war die Schwester von Normen Kühn, Martina. Sie war zwei Jahre älter als unser Sohn.
Sie war eine sehr gute Schülerin, sprach gut englisch. Etwas Geld sprang für sie natürlich auch heraus.

Als Jugendlicher züchtete unser Sohn eine Hunderasse. Mit der Zucht der Mittelschnauzer war er erfolgreich.
Als er krank war, musste ich dies weiterführen. Es kamen acht Junge zur Welt, und ein paar Tage nach der Geburt wurden die Schwänze und Ohren kupiert. Dazu musste ich mit dem LADA nach Magdeburg fahren.
Die kleinen Hunde piepten auf der Rücktour erbärmlich.
Die Hunde konnte er verkaufen und bekam 500 Mark für jeden Hund. Es war ein gutes Geschäft für ihn.

In dieser Zeit habe ich für jeden unserer beiden Kinder einen Bullen gefüttert.
Dazu haben wir die Gräben abgemäht und Heu gemacht.
Auch die Bleiche direkt am See habe ich mehrmals mit der Sense abgemäht. Überliefert ist, dass auf der Bleiche die Wäsche ausgebreitet wurde, damit die Sonne sie bleichen konnte.
Der Verkauf des Bullen brachte unserem Sohn 5000 Mark ein.
Er kaufte sich kurz darauf ein Segelboot. Ich gab 5000 Mark dazu.
Unsere Tochter sollte nicht im Nachteil sein, und so habe ich auch für sie einen Bullen gefüttert.
Sie war bereits verheiratet und nach Kläden gezogen.
Die Endmast des Bullen erfolgte auf dem Bauernhof ihrer Schwiegereltern.
Das erforderliche Futter habe ich nach Kläden gebracht.

1981 kam unsere Tochter aus der Schule und erlernte in der PGH (Produktionsgenossenschaft Handwerk) in Arendsee den Beruf Kosmetikerin. Ich habe ihre Ausbildung so gut es ging unterstützt, fuhr mit ihr zu Wettbewerben.
Im Anschluß an die Lehre qualifizierte sie sich zum Meister und machte sich 1988 selbständig.
Die Wohnung der jungen Familie auf dem Bauernhof musste hergerichtet werden.
Unsere Tochter hatte kurze Zeit mit ihrem Kind bei uns mit in der Familie gewohnt.
Ich war zu dem Zeitpunkt selbständiger Schlossermeister und habe in ihrer Wohnung eine Heizung eingebaut und eine Treppe errichtet.
Der Engpass bei der Versorgung mit Baumaterial brachte uns zu allerlei Einfällen. So habe ich Heizkörper für die Schwerkraftheizung auch aus Rohren zusammen geschweißt.
Der Schwarzmarkt blühte. Die Versorgung war im Allgemeinen nicht zufriedenstellend.

Wollte man ein Auto kaufen, hatte sich die Wartezeit auf zehn Jahre verlängert. In dieser Zeit hatte jeder das Geld zusammengespart.
Die Unzufriedenheit in der Bevölkerung war groß.
Als ich nach Arendsee ging, hatte ich meine Wartburgbestellung mit dem Frisörmeister Sandring in Langenweddingen gegen eine Trabantbestellung getauscht. Der Trabant wurde im Herbst 1965 ausgeliefert, und ich habe meinen P 70 verkauft.

Jeder in der Familie hatte eine Bestellung am Laufen.
Obwohl es viele Engpässe gab, wurde alles „herangeschachert".
In der Zeitung konnten wir lesen, dass alle Pläne erfüllt und übererfüllt wurden.
Es gab viele Witze und Anekdoten darüber.

Ihren Salon eröffnete unsere Tochter im benachbarten Kläden auf dem Bauernhof ihrer Schwiegereltern.
Es war aber nicht der beste Ort von der Umgebung her. In der Nähe befanden sich Schweineställe, und die Verkehrslage war nicht sonderlich günstig.

Bei einer Drei-Tagesfahrt gleich nach der Wende wurde mir klar, dass dieser Standort nicht günstig ist.

Ich trug diesen Gedanken an unsere Tochter heran.
Die Sauna in Arendsee wurde zum Verkauf ausgeschrieben.

Zuvor war bereits eine Ausschreibung erfolgt und wurde anschließend aus mir nicht bekannten Gründen aufgehoben.

Unsere Tochter beteiligte sich an der erneuten Ausschreibung und bekam den Zuschlag. Wir hatten uns zuvor darüber verständigt, welches Gebot wir abgeben müssen.

Sie hatte eine gute Ausbildung. Die Ausbildung zu DDR-Zeiten war nicht schlecht. Sie qualifizierte sich zusätzlich auf dem neuen Fachgebiet, um eine Sauna führen zu können, denn dies erforderte spezielle Kenntnisse.

Meine beiden Kinder waren der Mittelpunkt in meinem Leben.
16 Jahre war ich im Elternbeirat und habe die Probleme der Schule aufgenommen und versucht, einen Beitrag zur Bewältigung zu leisten. Mit einer goldenen Ehrennadel wurde ich für meine ehrenamtliche Arbeit im Elternbeirat ausgezeichnet.

Während meiner aktiven Zeit war ich Mitglied der Feuerwehr in Arendsee, wie schon erwähnt.
Des öfteren bin ich durch meine Arbeit zu spät zum Feuerwehrdienst gekommen.
Meine Kamaraden, vor allem Klaus Mittendorf, redeten auf mich ein, dass sie sich alle schon vom Turm abgeseilt hätten.
Ich kletterte daraufhin auf den Turm und ließ mich am Seil herunter.
Es brach großes Gelächter aus.
Ich war der einzige, der sich am Seil herunter gelassen hatte.

Am 09.11.1989 wurde die Grenze geöffnet.
Die Demonstrationen in Leipzig haben uns alle bewegt. In Erinnerung geblieben ist eine friedliche Revolution.
Meine Schwester Elke ist mit ihrer Familie wenige Wochen vor Grenzöffnung über Ungarn in den Westen geflüchtet.
1989 begann eine bewegte Zeit. Wir waren bis dahin hinter einem großen Zaun eingesperrt, aber auch abgeschirmt.
Was da so bei jedem einzelnen vorging, ist nicht in Worte zu fassen.
Wir waren nicht verantwortlich für den zweiten Weltkrieg und dafür,

dass Deutschland von den Siegermächten in Sektoren aufgeteilt wurde, und der östliche Teil unter Einfluß der Sowjetunion kam.
Wir wurden alle in diese Zeit hineingeboren.
Wir hatten uns alle als Kinder, Jugendliche und auch später viele Fragen gestellt.
Wie konnte es so weit kommen, dass Menschen so viel Unglück auslösen können. Wo ist die Grenze?
Und die damalige Zonengrenze sorgte auch wieder für Unglück.
Menschen, die die DDR verlassen wollten, und dies ging hauptsächlich illegal, begaben sich in Lebensgefahr.
Die Soldaten an der Grenze hatten einen Schießbefehl auszuführen, mussten auf die Flüchtigen schießen.

Die Ereignisse in den ersten Wendejahren überschlugen sich. Wir waren alle gefühlsmäßig aufgewühlt, mussten aber in erster Linie verstandesmäßig mit der veränderten Situation umgehen.
Alle hatten wir große Hoffnungen. Es fanden viele Veranstaltungen statt, und Rita Süßmut sprach in Salzwedel von blühenden Landschaften, die entstehen sollten.
Wir lebten jahrelang unmittelbar an der Grenze, dem antifaschistischen Schutzwall.
Die Wiedervereinigung ist friedlich verlaufen. Die eingebundenen Länder haben die friedliche Wiedervereinigung Deutschlands unterstützt.

Mit der Grenzöffnung war es den Besuchern von Arendsee möglich, den See vollständig zu umrunden, denn bis dahin lag das Nordufer im Grenzstreifen. Das Gebiet war abgesperrt, lag im Sperrgebiet.

Das Sperrgebiet begann kurz hinter dem Waldweg nach Harpe. Die Straße, die nach Ziemendorf und Zießau führt, wurde mit einem Schlagbaum abgesperrt.

Kurz vor Schrampe war ebenfalls ein Schlagbaum mit rot- weißer Markierung von weitem schon zu sehen.
Am Schlagbaum hielten in einem kleinen Häuschen zwei Polizisten Wache. Etwas Lästerei mussten sie sich auch gefallen lassen.
So wurde von einem humorvollen Mann aus Binde eine Karte aus dem Urlaub geschrieben, adressiert an das „Bullenkloster von Binde."
Die Karte kam an. Zwischen Binde und Kaulitz war auch ein Schlagbaum.

Nur mit einem Passierschein durften die Leute in das Sperrgebiet einreisen.

Die Leute in den Sperrgebieten bekamen eine kleine finanzielle Entschädigung und wurden mit Südfrüchten besser versorgt als die übrigen Gebiete in der DDR.

Mit sehr viel Aufwand war es möglich, dass die Leute in der DDR Westbesuch bekommen konnten.
Während der Teilung Deutschlands sagten die Besucher aus dem Westen auch: „Schade, dass ihr uns nicht besuchen könnt."
Als die Grenze auf war, nach 1990, konnten sie nun auch Besuch empfangen.
Neben der Freude gab es auch Enttäuschungen auf beiden Seiten. Sie konnten nun nicht mehr sagen: „Schade, dass ihr uns nicht besuchen könnt."

Im Grenzstreifen waren die Bedingungen zu DDR-Zeiten extrem durchorganisiert. Vor dem eigentlichen Zaun verlief ein Streifen, 500 m breit, in den Minen gelegt wurden. Soldaten mit Hunden bewachten den Streifen vor dem Zaun. Auf der anderen Seite stand unmittelbar am Zaun der Bundesgrenzschutz.

Unsere Soldaten durften mit dem Bundesgrenzschutz keinen Kontakt aufnehmen, auch wenn sie häufig angesprochen und fotografiert wurden.
Das ganze war eine angespannte, geisterhafte Atmosphäre.
Es kamen auch Fragen auf, wie „Von welcher Seite kommt der Feind?"
Die Absicherung der Grenze war in den Ostteil gerichtet.

Es war auch mit etlichen Genehmigungen verbunden, wenn Besucher aus anderen Teilen der DDR in die Grenzgemeinden einreisen wollten.

Heute erinnern nur noch Schilder an den Verlauf der Grenze. In den zurückliegenden Jahren wurden die Sperrzäune zurückgebaut.
Minensuchtrupps wurden gebildet, um Gefahren auszuschließen. Vorhandene Minen wurden entschärft.
Zu den Trupps gehörte eine Krankenschwester, aus Sicherheitsgründen.

Um den Schutzstreifen zu durchforsten, wurden ABM-Maßnahmen (Arbeitsbeschaffungsmaßnahmen) organisiert, und diese gehörten zum zweiten Arbeitsmarkt.
Dass es mehrere Arbeitsmärkte gibt, war auch Neuland für uns.

Alles, was schlecht ist, hat auch etwas Gutes, heißt es.
Konnte man dem mit viel Aufwand vorgehaltenen Stacheldrahtzaun überhaupt etwas Gutes abgewinnen. Wenn ja, dann dass die Natur weitestgehend unberührt geblieben ist.
Der ehemalige Grenzstreifen wurde größtenteils Naturschutzgebiet und gehört zum „Grünen Band".
Pflanzen und Tiere, die vom Aussterben bedroht waren, konnten dort überleben.

Viele neue Begriffe und Wörter wurden in den ersten Jahren nach der Wende geprägt. Über viele neue Wörter konnte man eigentlich nur den Kopf schütteln, musste aufpassen, dass die Zunge unbeschadet blieb.

Lohnsteuerjahresausgleich
Berufsausbildungsförderungsgesetz
Planfeststellungsverfahren

Dazu kam, dass deutsche Wörter nicht mehr ausreichend waren.
Die Rede war von Marketing, Business, die Läden hießen auf einmal Discounter, wir gingen shoppen. Mit kids waren Kinder gemeint und keine kleinen Rehe.

Der Kindergarten hieß nun KITA
Die ersten Jahre nach der Wende waren schon eine verrückte Zeit.
Alles wurde auf den Kopf gestellt, alle Bereiche des gesellschaftlichen und öffentlichen Lebens, die gesamte Wirtschaft.

Es begann nun eine Zeit, die nannte sich „Aufbau Ost".
Innerhalb von wenigen Monaten hatten wir auf einmal Ämter, die auch Befremden ausgelöst haben.
Wir bekamen Finanzämter und Arbeitsämter. Die Gerichte, die einen „Dornröschenschlaf" hielten, wurden zu neuem Leben verholfen.
Es gab nun Arbeitsgerichte, Familiengerichte, Sozialgerichte, Verwaltungsgerichte, Zivilgerichte, Amts- und Landesgerichte.
Es gab auch Ämter für offene Vermögensfragen. Dass es nicht in ihrem Intersse lag, die Arbeit zügig voran zu treiben, war klar.
Das Amt hätte dann seine Daseinsberechtigung verloren.

Ehemalige Bodenreformflächen wurden der Treuhand unterstellt, da es schwierig war, Eigentümer zu finden, wenn sie überhaupt noch vorhanden waren. Die Flächen wurden an die Wiedereinrichter verpachtet oder später zum Verkauf angeboten.
Die Mitarbeiter der Treuhand verdienten damit gutes Geld.

Zum „Aufbau Ost" kamen viele Helfer aus den alten Bundesländern. Sie bekamen dafür eine finanzielle Aufwandsentschädigung, eine sogenannte „Buschzulage".
Wir fühlten uns hier im Osten auch stark bevormundet, denn nicht alles war schlecht.
Der menschliche Zusammenhalt brach immer mehr weg.
Es kamen Reden auf wie, „du musst clever sein", „du musst flexibel sein", „was stört mich anderer Leute Elend", „pp – persönliches Pech".

Es gab auf einmal Arbeitsgerichte, aber die produktive Arbeit wurde immer weniger.
In Salzwedel wurden nach der politischen Wende fast alle Betriebe von der Treuhand abgewickelt und die Leute, die in der Treuhand arbeiteten, verdienten damit gutes Geld. In Arendsee war es ebenso.

Mit seinen gut 20.000 Einwohnern lag Salzwedel unmittelbar am Grenzstreifen. Man konnte die Dörfer und Türme gleich hinter der Grenze von unserer Seite aus sehen.
Das Gebiet, das nördlich an den Kreis Salzwedel und an Arendsee grenzt, das Wendland, gehörte zum Zonenrandgebiet. Ein Gebiet, das wie früher unsere Sperrgebiete, wirtschaftlich unterstützt wurde. Es war bestimmt auch kein Zufall, dass die Lagerstätte Gorleben im Wendland ansässig wurde.
Zum damaligen Kreis Salzwedel gehörten rund 40.000 Einwohner.
In Salzwedel gab es rund 5.000 produktive Arbeitsplätze, die fast alle wegfielen, wie z.B. die Pumpenfabrik, das Chemiewerk, die Zuckerfabrik, ein Großteil vom Erdgasförderbetrieb, der Schlachthof, die Brauerei, die Textilfabrik „Mäcki".
Im „Mäcki" in der Schillerstraße stehen heute Computer, mit denen Arbeitslose beschäftigt werden.
In den Dörfern lebten rund 20.000 Einwohner.
Die Zahl der Beschäftigten in der Landwirtschaft hatte sich im Osten

in den zurückliegenden Jahren ebenso wie im Westen drastisch verringert. Im Westen war die Rede vom „Höfesterben". Wir erfuhren davon in den Medien.
Es gab im Kreis Salzwedel 2.800 Beschäftigte in der Landwirtschaft. Drei Viertel wurden davon weggenommen nach der Wiedervereinigung.
Die Erzeugerpreise waren aufeinmal viel geringer. Die Lohnkosten mit den Lohnnebenkosten stiegen stark an.
Trotz der Grenze ist die Entwicklung in beiden Teilen Deutschlands parallel verlaufen.
Die deutsche Gründlichkeit blieb auf beiden Seiten bestehen.
Das Prinzip der Buchführung war auf beiden Seiten gleich. Das Prinzip der doppelten Buchführung, Soll und Haben.

Seit der Wende haben wir nur noch gearbeitet.
Wir waren unter extremen Druck geraten. Wie sichern wir unter diesen Bedingungen weiterhin unser Leben ab.

Mit meiner kleinen Werkstatt auf dem Wohngrundstück?
Mir wurde von Seiten der Stadt nahegelegt, den Betrieb in das Gewerbegebiet zu verlagern.
Eine Firma aus Aurich hatte das Gewerbegebiet erschlossen.
Im Rathaus saßen Bürgermeister aus dem Westen und stellten die Verbindung her, dass Aufträge für Firmen aus dem Westen ausgelöst wurden.
Büro Complett aus Lüchow wurde auch bedacht.
Das Büro stellte dem Rathaus die technische Ausrüstung wie Kopierer und Computer zur Verfügung, auf Leasingbasis.

Auf längere Sicht konnten wir auf dem Wohngrundstück wirklich nicht mehr arbeiten, denn es lag im Erholungsgebiet. Der Naturschutzgedanke spielte keine geringe Rolle mehr.

Gleich nach der politischen Wende gab es viel zu tun, und ich kniete mich in die Arbeit. Ich lernte und arbeitete nur noch.

Zunächst haben wir in meiner ersten Werkstatt weitergearbeitet, mit bis zu zehn Leuten.
Gleichzeitig habe ich eine Produktionshalle im Gewerbegebiet errichtet in der Größe 45 m x 16 m. Allein die Planungsphase zusammen mit Herrn Banse war ein gewaltiges Stück Arbeit.

Sehr viel der Arbeit, Maurer- und Stahlbauarbeiten, wurde in Eigenleistung erbracht.
Die Ferienwohnungen für die Urlauber, insbesondere aus Langenweddingen, wurden umgebaut zu einer Imbißgaststätte.

Meine Frau, die nun auch im „Konsum Holz" arbeitslos wurde, führte die Gaststätte.
Durch ihre Tätigkeit im „Berliner Hof" kannte sie sich aus beim Zubereiten von Speisen. Bei der Kalkulation habe ich ihr geholfen.
Ich unterstützte sie, so gut ich konnte. Ich holte die Lebensmittel für ihren Imbiß aus Seehausen oder Salzwedel.
An den Wochenenden half ich ihr bei der Arbeit.
Meine Frau konnte sehr gut Sahnequarktorte backen. Bei den Gästen am Wochenende war die Torte sehr beliebt.

Am Wochenende half ich im Imbiß meiner Frau, und in der Woche arbeitete ich in der Werkstatt oder war auf der Baustelle zu finden. Dazu kam die CDU-Arbeit als Parteivorsitzender in Arendsee und Umgebung.

Unser Sohn machte den Autoführerschein und konnte unseren LADA nutzen.

Mit seiner ersten Freundin, die aus Wendemark kam, fuhr er gern umher.
Sie hatte auch bei uns mit gewohnt. Er hatte sich nach etwa einem halben Jahr von ihr getrennt. Bei der ersten Fahrt in Richtung Westen war sie mit dabei. Wir mochten seine erste Freundin sehr gern.
Seine Lehre hatte er beendet, wurde zuvor bester Lehrling im Bezirk Magdeburg.
Seine nächste Freundin kam aus Salzwedel. Er hatte sie in Arendsee kennengelernt. Sie hatte in der HO (Handelsorganisation) gelernt.
Sie war die einzige Tochter. Die Eltern führten als Selbständige eine Schleiferei.
Der Tochter fehlte es an nichts. Sie stand immer im Mittelpunkt und wurde sehr verwöhnt.
Wir haben beide, Sohn und Freundin, unterstützt, dass sie beide gleich von Anfang an eine Wohnung zur Verfügung bekommen konnten.
Der Mieter, der die obere Wohnung nutzte, musste aufgrund von Eigenbedarf ausziehen. Unser Sohn hatte dies in die Wege geleitet und die rechtliche Grundlage ausgeschöpft.
Nach 1990 standen auf einmal für jedes Problem viele Rechtsanwälte zur Verfügung.
Die Rechnung des Anwaltes musste ich begleichen.
Die obere Wohnung wurde nach den Wünschen unseres Sohnes umgebaut.
Bad, Fußboden und Fenster wurden modernisiert.

Meine Kinder sollten es ja einmal besser haben als ich.

Aufgrund von Arbeitslosigkeit stellte ich meine Schwiegertochter nach etwa einem halben Jahr für die Büroarbeit ein.
Zunächst lief die Arbeit in der Werkstatt in der Lindenstraße weiter.
In die neue Werkstatt im Gewerbegebiet sind wir 1993 eingezogen.

Meine Frau betrieb weiterhin den Imbiß, und in der ersten Zeit half die Schwiegertochter dort mit.

In der ersten Zeit der politischen Wende waren wir in großer Aufbruchstimmung. Wir wollten vieles verändern. Ich wurde zum Ortvorsitzenden der CDU gewählt und hatte so Kontakt zur Landes-CDU.
Herr Bergner war gleich zu Beginn der politischen Wende als CDU-Abgeordneter in den Landtag gewählt worden.
Für seinen Wahlkampf war der hochrangige Christoph Bergner mit einer Gruppe, die ihn begleitet hatte, auch nach Arendsee gekommen.
Die Ereignisse überschlugen sich wirklich in den ersten Wendejahren.
Die Gruppe sagte auch im Imbiß „Guten Tag" und ließ sich bewirten.

Eine junge Frau, die Herrn Bergner als Journalistin begleitet hatte und meine Schwiegertochter kannte, sagte: „Sie weiß, was sie macht".

Ich habe dies erst später verstanden und sehr bereut, dass ich meiner Schwiegertochter so großes Vertrauen entgegengebracht habe.

Auch nachdem wir in der neuen Produktionsstätte arbeiteten, mussten an der großen Halle restliche Arbeiten erledigt werden.

Von Seiten des Staates wurde gleich nach der Wende viel bürokratischer Aufwand betrieben, um die Wirtschaft wieder ingang zu setzen.

Für die Anschaffung von Maschinen erhielten wir vom Staat eine finanzielle Unterstützung, eine Investitionszulage in Höhe von 20 % der Anschaffungskosten.
Die Lehrlingsausbildung wurde zu Anfang staatlich unterstützt.
Die Lehrlinge können sich ihr Geld anfangs noch nicht allein verdienen.

Trotz staatlicher Zuschüsse war die Errichtung einer Produktionsstätte ein mächtiger Kraftakt, denn es musste Fremdkapital in Form von Krediten her.
Das Eigenkapital, welches auch vorausgesetzt wurde für eine Investition, musste auch vorhanden sein.
Wir mussten der Bank zur Sicherheit unser Wohnobjekt verpfänden, und es wurde mit rund 200.000 DM belastet.
Für die Errichtung der Produktionshalle im Gewerbegebiet hatten wir Kredite in Höhe von 600.000 DM zu tragen.
Die Bank verlangte zur Sicherheit, dass auch meine Frau die Kreditverträge mit unterschreibt.

Halle meines Sohnes, Sanitär- und Verwaltungsbereich

Die Produktionshalle war in drei räumliche Bereiche unterteilt, die hintereinander lagen. Von der Straße aus links der Bereich für Stahlbau, für den ich zuständig war, dann der Bereich für Aluminiumbau, für den unser Sohn verantwortlich war und im letzten Abschnitt lagen der Büro- und Sanitärtrakt.

Halle meines Sohnes, Abschnitt vorgesehen für Aluminiumbau

Halle meines Sohnes, Abschnitt vorgesehen für Stahlbau

Unsere Schwiegertochter musste in keiner Weise die Haftung übernehmen. Sie trat aber immer mehr als Chefin auf. Die Verantwortung für ihre Vereinbarungen im Namen der Firma Gunthard Herbst hatte ich zu tragen.

Sie sah es wohl als Chance an, sich immer mehr in die Verantwortung der Betriebsleitung einzumischen.

Unser Sohn hatte gleich im Anschluß an die Lehre eine Meisterausbildung in Lüneburg erfolgreich abgeschlossen.
Zusammen mit seiner Frau, die zwei Jahre älter ist, ist er nach Lüneburg gefahren.
Seine Frau hat sich auf Kosten des Betriebes zur Bürokauffrau, Fachrichtung Handwerk, ebenso weitergebildet.
Die Kosten für ihre Ausbildung hatte der Betrieb Gunthard Herbst, also ich, zu tragen.
Für die Fahrt nach Lüneburg konnten sie mein Firmenauto nutzen.
Die Kosten musste also ich tragen.
Sie stellten ihre persönlichen Belange mehr und mehr in den Vordergrund, insbesondere meine Schwiegertochter.
Ich hatte etliche Aufträge in Niedersachsen gleich nach der politischen Wende erhalten, in Meinersen, Hitzacker, Uelzen und anderswo.
Mit meinem Sohn wollte ich in Celle eine Brandschutztür ausmessen.
Bei der Tour mussten erst die Möbel für Susanne abgeliefert werden.
Susanne ist die Cousine meiner Schwiegertochter und begann in Niedersachsen eine Lehre zur Bürokauffrau. Nach der Ausbildung wurde sie von meinem Sohn und seiner Frau eingestellt. Sie ist heute die Frau unseres Bürgermeisters.
Die privaten Interessen meiner Schwiegertochter waren wichtiger als das Ausmessen der Brandschutztür. Das ganze kostete meine Zeit, die so schon knapp bemessen war. Ich war darüber verärgert.

Es gab sehr viel Nachholbedarf auf dem Bausektor, sowohl privat als auch öffentlich.

Es entstand ein Labirynth von Förderprogrammen.
Alle hatten damit zu tun, Gelder für ihre Förderung abzurufen.
Die musste dann irgendwie in Einklang gebracht werden mit der Planung und Ausführung einer Baumaßnahme.
Wir hatten uns an den Ausschreibungen für öffentliche Baumaßnahmen beteiligt und zahlreiche Aufträge abgearbeitet.

So hatten wir für das Krankenhaus in Seehausen einen Auftrag in Höhe von 500.000 DM erhalten.
Wir haben den gesamten Eingangsbereich mit Oberlicht gebaut, den „Glaskasten" zur Anmeldung, ebenso das große Vordach am Haupteingang, weitere Vordächer und Treppengeländer.

In Arendsee hatten wir einen Großauftrag für das „Mutter-Kind-Heim" erhalten. Dies umfasste Metallbauarbeiten, Aluminiumtüren und Aluminiumfenster sowie Stahlbauarbeiten. Die Auftragssumme betrug rund 600.000 DM.

In Salzwedel wurde eine neue Berufsschule errichtet. Der Auftrag betrug rund 300.000 DM für Metallbau.

Wir hatten in der Anfangszeit auch mit dem Bauriesen Bilfiner+Berger Magdeburg zusammen gearbeitet.

Das ganze boomte, und auch im privaten Bereich hatten wir viele Aufträge bekommen.
Wir bauten zahlreiche Wintergärten, einen der größten damals für den Tierarzt in Seehausen, dem Vater der jungen Frau Goyer.

Ich muss auch sagen, dass ich sehr stolz war auf meinen Sohn, denn er war erst Anfang zwanzig.
Den größten Teil der Arbeiten umfasste der Aluminiumbau. Im Inte-

resse meines Sohnes wurde vorwiegend Aluminiumbau gemacht. Den Stahlbau habe ich dabei vernachlässigt.
Wir hatten uns beide in den Aluminiumbau hineingearbeitet, man kann schon sagen „hineingefressen".
Mein Sohn hatte zahlreiche Lehrgänge besucht, für die der Betrieb die Kosten übernahm.
Mein Sohn und meine Schwiegertochter verdienten gut, Miete mussten sie nicht zahlen. Die Betriebsfahrzeuge konnten sie privat nutzen.

Für erledigte Projekte musste nach der Übergabe eine Gewährleistung für Mängel für einen Zeitraum von fünf Jahren übernommen werden. Dafür konnte der Bauherr je nach Vereinbarung 3 bis 5 % der Bruttosumme einbehalten.
Die Versicherung hat dies als ein neues Geschäft erkannt.
Sie gründete eine Kautionsversicherung. An die Versicherung mussten von Seiten der ausführenden Firmen Beiträge gezahlt werden, und sie trat für die Baumaßnahme als Bürge auf und gab die Bürgschaften heraus.
Es gibt Ausführungsbürgschaften, Vertragserfüllungsbürgschaften, Vorauszahlungsbürgschaften und Gewährleistungsbürgschaften.
Das Konzept der Versicherung ist so, dass diese in jedem Fall davon einen großen Nutzen hat.
Nach Fertigstellung der Arbeiten musste der Ausführende dem Bauherren eine Urkunde der Versicherung, eine sogenannte Bürgschaftsurkunde, übergeben. Nach Ablauf der Frist von meist fünf Jahren musste der Bauherr diese wieder herausgegeben. Treten in dieser Zeit Mängel auf, verlängert sich der Zeitraum der Bürgschaft bis der Fünfjahreszeitraum erreicht ist. Dies war zum Glück nicht der Fall.
Die Urkunde wurde vom Bauherren herausgegeben und dann an die Versicherung zurückgesandt und ausgebucht.
Die Kautionsversicherung wurde auch zunehmend ein großes Betätigungsfeld für unsere Juristen.

Die ganze Prozedur ist sehr aufwendig, hat aber den Vorteil, dass der Einbehalt voll zur Auszahlung kommt.

Es mussten nicht nur Beiträge an die Versicherung gezahlt werden. Es war auch ein dazugehöriger Kredit erforderlich zur Absicherung für die Versicherung.

Bei den Großaufträgen in der Anfangszeit kam summiert bei den Aufträgen schnell eine Höhe für Gewährleistungs-Bürgschaften von 80.000 DM zusammen. Der dazugehörige Kredit betrug 20.000 DM.

Die Gewährleistung für zurückliegende Aufträge ist eine enorme ökonomische Belastung für die ausführenden Firmen.
Die Fenster, Türen, Vordächer, Oberlichter, Schaufenster, Geländer usw. gingen in Gebrauch über, unterliegen einem natürlichen Verschleiß.
Im Außenbereich sind Belastungen durch die Umwelt größer und anders als im Innenbereich.
Regen, Sonne, Schnee, Hagel, Frost, Wind, Vögel, besonders der Vogelkot, der sehr aggressiv ist, greifen die Bauteile an.

Es ist schon zwiespältig, dann für fünf Jahre die Gewährleistung übernehmen zu müssen.
Auch der Gebrauch einer Baumaßnahme führt zum Verschleiß.

Die Bauteile, die wir eingesetzt haben, waren entweder verzinkt und – oder pulverbeschichtet. Hier war es auch ein schmaler Grat, für die Verzinkung und Pulverbeschichtung die Gewährleistung zu übernehmen.
Die Oberflächenversiegelung schützt vor Umwelteinflüssen, aber nicht unbefristet.

Nach fünf Jahren macht sich allmählich Verschleiß bemerkbar.

Die Arbeit hatte uns ausgefüllt. Die von uns in dieser Zeit errichteten Bauteile sind immer noch in Gebrauch und werden es hoffentlich noch viele Jahre sein.

Den Gegenpol zur Freude an der Arbeit bildete der ständig wachsende ökonomische und bürokratische Druck.
Das enorme persönliche Risiko war eine große Belastung für den Einzelnen und für die Familie.

Mein Sohn, meine Schwiegertochter und ich, wir erwiesen uns in der ersten Zeit als ein gutes Team.

Mein Konzept war es, Aluminiumbau und Stahlbau nebeneinander als zwei Standbeine laufen zu lassen. So konnte auch eine Flexibilität erreicht werden beim Einsatz der Arbeitskräfte.

Wir arbeiteten insgesamt mit zehn Leuten, bildeten Lehrlinge aus. Die Ausbildung von Lehrlingen wurde einbezogen bei der Anschaffung von Maschinen, und es wurden staatliche Zuschüsse ausgereicht.

Die ersten Konflikte mit meinem Sohn ergaben sich beim Bau des Gymnasiums in Seehausen und beim Bau eines Objektes im Gewerbegebiet.

Mein Sohn trat als Bauleiter auf, und ich habe die Arbeiten in der Werkstatt überwacht.

Beim Gymnasium hatte er ein falsches Aufmaß genommen, nach welchem vier hochwertige Brandschutztüren gebaut wurden.

Die Türen konnten nicht eingebaut werden, da sie nicht passten. Wir versuchten, diese woanders zu verkaufen.
Der entstandene Schaden betrug 12.000 DM.
Ich war sehr enttäuscht, denn er war fachlich in der Lage, ein Aufmaß zu nehmen.

Ende 1994 musste ich am Nachmittag nach Osterburg fahren. Abends, als ich zurückfuhr, bin ich in Genzin von der Straße abgekommen und gegen einen Baum geprallt. Die Straße war rutschig. Wie der Unfall passierte, weiss ich nicht. Unfälle sind Sachen von Sekunden.
Der Opel Campo, den ich fuhr, war Totalschaden. Die Polizei kam heraus, nahm den Unfall für die Versicherung auf. Firma DANKS aus Seehausen, die ich angerufen hatte, hat das Auto abtransportiert.
Ich hatte meinen Sohn angerufen. Beide, mein Sohn und meine Schwiegertochter, sind nicht zum Unfallort gleich in der Nähe gekommen.
Tag für Tag hatte ich genug Streß mit den beiden, da sie mich immer wieder provozierten.
Wenn ich laut wurde, sagten sie bei meiner Tochter und ihrem Mann Bescheid. „Der Alte dreht schon wieder durch."

Bei dem nächsten Konflikt mischte sich meine Schwiegertochter sehr stark in den Bauablauf ein. Zusammen mit ihrem Mann nahmen mir beide die Fäden aus der Hand und trafen in meinem Namen Vereinbarungen mit dem Bauherrn.
Der Bauherr merkte, dass keine Einigkeit bei uns war und hatte dies ausgezunutzt.
Es ging vordergründig um Aluminiumbau, Aluminiumfenster und –türen, ein Garagentor mit Fernsteuerung.
Wir hatten die aufgeführten Mängel nachgearbeitet. Der Bauherr war aber immer noch nicht zufrieden und entzog uns den Auftrag.
Er schaltete Ende 1995 einen Anwalt ein und zog vor Gericht.

Es wurde ein gerichtliches Gutachten angefertigt.
Bei den Mängeln ging es unter anderem darum, dass die Rollläden an drei Fenstern nicht bis ganz herunter gingen. Es waren leichte Aluminiumrollläden, und es hätte ausgereicht, sie unten mit einer Stahlschiene zu beschweren und den Führungslauf zu weiten.
Einen Tag vor dem Gutachtertermin hatte der Bauherr zusammen mit seinem Sohn die Fenster mit einem Hochdruckreiniger gesäubert. Er wollte nachweisen, dass die Fenster nicht dicht genug sind.

Trotz der Kleinigkeiten hatte der Gutachter die Mängelbeseitigungskosten mit 18.000 DM eingeschätzt. Für jeden Mangel wurde der dreifache Betrag berechnet. Die Mängel wurden extrem hoch bewertet. Im Grunde waren es Kleinigkeiten. Der Gerichtsprozess zog sich über fünf Jahre hin.
Zur Beseitigung der Mängel an den Fenstern wurde von Seiten des Klägers gefordert, Elektroantriebe für die Rollläden einzusetzen, Kosten 10.000 DM.
Bei der gerichtlichen Auseinandersetzung gab es viele Ansatzpunkte für meinen Sohn und meine Schwiegertochter, zur Klarstellung des Sachverhaltes beizutragen. Die Angebote für die zu leistenden Arbeiten hatten mein Sohn und meine Schwiegertochter erstellt.
Beide machten sie von ihrem Zeugnisverweigerungsrecht Gebrauch.
Die Kosten für die Austragung dieses Konfliktes vor Gericht, wie Gutachten, Rechtsanwalt, Gerichtskosten, Mängelbeseitigungskosten musste ich tragen.
Mein Sohn und meine Schwiegertochter übernahmen keinerlei Verantwortung.
Laut Notarvertrag, der kurze Zeit später mit meinem Sohn zustande kam, hätte er die Kosten für Gewährleistungen im Aluminiumbau übernehmen müssen.
Er weigerte sich, und es hätte wieder eine gerichtliche Auseinandersetzung bedeutet, wenn ich ihn belangen wollte.

Bei der Zusammenarbeit in einem kleinen Familienbetrieb ist das Vertrauen zueinander die erste Voraussetzung. Das Vertrauen zu meinem Sohn und meiner Schwiegertochter war gebrochen.
Sie sahen nur noch ihre eigenen wirtschaftlichen Interessen, nicht die des Betriebes insgesamt.
Beide versuchten sich mehr und mehr in den Vordergrund zu spielen.
Sie fuhren zu Einweihungsfeiern mit einem großen Blumenstrauß, während ich Restarbeiten an der Produktionsstätte oder Arbeiten in der Werkstatt erledigte.

Die ganze Situation, dass sie beide mehr oder weniger machten was sie wollten, spitzte sich immer weiter zu.
Es sah so aus, dass mich beide in den Konkurs bringen wollten.
Ich wurde damit konfrontiert, dass unnötiges Material bestellt wurde.
Das Vertrauen war fast noch mehr zu meiner Schwiegertocher gebrochen.
Es gab viele Punkte, dass ich mich bei der Buchführung, die sie machte, getäuscht sah.
Aufeinmal lief auch der Vater meiner Schwiegertochter im blauen Kittel in meiner Werkstatt umher. Später lag im Büro ein Lieferschein. Die Adresse war die vom Vater meiner Schwiegertochter aus Salzwedel, eine Lieferung von Eisenvater.

Nach der politischen Wende wurden wir mit allerhand Verbänden und Vereinen konfrontiert, die um Mitgliedschaft geworben haben.
Eine Vereinigung von klein- und mittelständischen Handwerksbetrieben war „Meisterteam". Mein Sohn wollte dort Mitglied werden. Seine Mitgliedschaft war aber nicht möglich. So wurde ich Mitglied. Im Sommer 1995 wurde ich von dem Verband „Meisterteam" zu einer Fahrt nach Griechenland eingeladen. Ich zögerte erst, hatte mich dann aber doch entschlossen, zusammen mit meiner Frau daran teilzunehmen.

Beim Zusammensein mit der Gruppe von „Meisterteam" in Griechenland hatte ich Zweifel, ob es die richtigen Reisebegleiter für mich sind. Sie waren alle für unseren Sohn eingestellt, standen wohl alle hinter ihm.
Unser Sohn hatte uns zum Flughafen gefahren und wollte uns wieder abholen.
Es kam aber unsere Tochter und holte uns ab.
Unser Sohn hatte zu Hause irgendwelche Ausreden.
Die Tochter wollte den Imbiss während unserer Abwesenheit führen.
Den Imbiß führte in dieser Zeit die Tochter von Elke.
Es war schon einiges durcheinander geraten.
Danach merkte ich, dass ich im Betrieb nicht mehr erwünscht bin.
Die Zeichen von Sohn und Schwiegertochter waren auf die höchste Alarmstufe gestellt.
Kurze Zeit später wurde mit „Meisterteam" eine Zusammenkunft in Arendsee, im „Deutschen Haus", durchgeführt. Vor der ERFA-Gruppe, Erfahrungsgruppe von „Meisterteam", stellte mein Sohn sein Konzept vor. Auf seinem Plan verteilte er die Maschinen in der Werkstatt so, dass für mich kein Platz mehr zur Verfügung stand.
In seinem Konzept wurde ich nicht einmal erwähnt. Ich war zu dem Zeitpunkt 54 Jahre alt und auf mir lasteten mehr als 500.000 DM Kredite.
Ich nahm meinen Hut und verließ wortlos das „Deutsche Haus".
Bei der Zusammenkunft im „Deutschen Haus" waren etwa die gleichen Leute erschienen, mit denen ich während der Griechenlandreise zusammen war. Es waren zum größten Teil Vertreter von Firmen aus den alten Bundesländern anwesend.

Auch unsere Tochter und unser Schwiegersohn agierten gegen mich, wobei der aktivere Teil mein Schwiegersohn war.
In Peulingen bei Stendal hatte ich mit zwei Forstarbeitern 30 Festmeter Holz gesägt und mit einem LKW der Forst abtransportieren lassen.

Das Holz ließ ich dann bei meinem Kumpel Ziems auf Bretter und Kanthölzer zusägen. Ich hatte das Holz auf dem Betriebsgelände gestapelt und abgelagert. Das Holz wollte ich auf dem Betriebsgelände meines neuen Betriebes ablegen. Mein Schwiegersohn entwendete das Holz und verarbeitete es in seiner Tischlerei in Kläden - einen großen LKW voll Holz, für den ich mehrere Tage gearbeitet hatte und die Kosten getragen habe.
Ich hätte in diesem Fall ein Gericht einschalten sollen und auch müssen. Aber die Mühlen unserer Justiz mahlen lang. Es dauert und dauert und kommt letztendlich nicht viel dabei heraus, außer noch einmal Kosten tragen und Nerven lassen.

Auch meine Frau ging immer mehr ihre eigenen Wege. An der großen Belastung, die der Aufbau einer Produktionsstätte mit sich brachte, ebenso die veränderte Situation mit erwachsenen Kindern, ist unsere Ehe letztendlich völlig zerbrochen.
Jeder von uns beiden lebte sein Leben für sich. Ich übernachtete häufig im Gewerbegebiet, lebte sonst in einer Ferienwohnung auf unserem Grundstück. Ich hatte auch genug zu tun, Angebote, Rechnungen und Buchführung zu kontrollieren.

Ich zog mich mehr und mehr zurück, und überlegte wie ich dieser unerträglichen Situation Abhilfe schaffen konnte. Es blieb im Grunde auch nichts weiter übrig, denn ich wurde mehr und mehr unter Druck gesetzt.
Verstanden hatte ich nicht, dass meine Frau zusammen mit den Kindern und Schwiegerkindern gegen mich arbeitete. Sie hatte doch die Kreditverträge mit unterschrieben.

So trat ich an unseren Sohn und unsere Schwiegertochter heran und sagte ihnen: „Ich mache Euch ein faires Angebot. Ich übergebe Euch die Firma.

Wir müssen dies an die Bank herantragen. Ich selbst fange noch einmal neu an und errichte eine Produktionshalle für Stahlbau."

Es gab vorher etliche weitere Vorschläge von mir. So hätte ich den Abschnitt, der für Stahlbau errichtet war, eigenständig nutzen können. Zu dem Zeitpunkt war ich bereits 54 Jahre alt, und wozu sollte ich noch einmal eine große Investition machen und mich mit Krediten belasten.
Viele Gleichaltrige gingen damals in den Vorruhestand.
Es waren noch gut 600.000 DM Kredite vorhanden, denn es wurden etliche Maschinen angeschafft.

Aber alle Vorschläge scheiterten.
Es ging nur noch um eines, beide wollten die Firma. Sie waren junge Menschen, und sie hatten anscheinend nicht den Abstand zu den großen Zahlen. Vermutlich waren ihnen diese zu Kopf gestiegen.
Und sie konnten mein Gesicht nicht mehr sehen, wie sie mir sagten.
Normalerweise suchen sich junge Leute dann ein anderes Umfeld.

Die Unterredung mit der Bank ergab, dass sie das Vorhaben unseres Sohnes nicht begleiten wollten.
Im Grunde war das ganze mit gesundem Menschenverstand auch nicht zu verstehen, denn er war erst 25 Jahre alt.

Wir redeten lange hin und her, kamen überein, dass unser Sohn lediglich eine Darlehenssumme von 300.000 DM übernimmt.
Die übrigen Kredite aus dieser Firma, rd. 300.000 DM, sollte ich weiterführen.
Mitte des Jahres 1995 begann ich, aktiv die Errichtung einer neuen Produktionshalle in die Hand zu nehmen.
Zusammen mit Diplom Ingenieur Horst Banse, mit dem ich schon mehrere Projekte umgesetzt hatte, erarbeitete ich ein Konzept für die

Errichtung einer wesentlich kleineren Produktionsstätte, 24 m x 16 m x 9 m Höhe.
Nebenher machte ich einen Plan für die Finanzierung. 300.000 DM sollten bei mir bleiben.

Halle für Stahlbau im Rohbau 1996

Für die eigene Halle war ein Finanzbedarf von wenigstens 500.000 DM erforderlich.
Zusammen mit Frau Triebe vom Dezernat Wirtschaftsförderung im Kreis wurde eine Förderung beantragt. Sie betrug rund 200.000 DM.

Alle bürokratischen Auflagen für den Antrag zu erfüllen war auch nicht so einfach, denn die Leistungen mussten vorfinanziert werden, um dann die Förderung in Anspruch nehmen zu können. Dafür war vorübergehend wieder ein Kredit erforderlich.

Gebunden an die Förderung war, dass 6 Arbeitskräfte über einen Zeitraum von 5 Jahren gehalten werden müssen.

Zum Jahresende 1995 wurde ein Notarvertrag zwischen mir und unserem Sohn aufgesetzt.
Dieser beinhaltete, dass ich seine Produktionsstätte noch ein halbes Jahr bis zum 30.06.1996 nutzen konnte.
Weiterhin, dass ich ihm einen Kredit in Höhe von 186.000 DM, es war der ehemalige Umlaufmittelkredit, mit einer Verzinsung von 4 % für 10 Jahre zur Verfügung stelle.
Ich musste für den gleichen Kredit, der bei mir geblieben war, 12 % Zinsen zahlen.
Es blieben noch weitere Maschinenkredite bei mir, rund 100.000 DM, Verzinsung 8 %. Die Maschinen bekam größtenteils unser Sohn.
Zwei größere Maschinen, eine Schlagschere und eine Abkantbank, übernahm ich.
Für alle anderen Maschinen hatte ich ein Mitbenutzungsrecht erhalten.

Nach unserem Notarvertrag musste unser Sohn die Gewährleistungen im Aluminiumbau tragen.
Für die Versicherung musste jedoch ich aufkommen, denn die Verträge liefen auf meinem Namen, ebenso die Verträge mit den Bauherren.
Unser Sohn weigerte sich, für die Gewährleistung mit aufzukommen.
Was will man machen, wenn die Situation ausgenutzt wird. Ich hätte klagen müssen, und das kostet wieder viel Geld und wird aufwendig betrieben. Probleme müssen zeitgleich und miteinander gelöst werden.
Das Ergebnis der Betriebstrennung war, dass ich für die Gewährleistungen in vollem Umfang aufgekommen bin.
Für eine Gewährleistungssumme von 80.000 DM hatte ich bei der Kautionsversicherung die Beiträge und den dazugehörigen Kredit zu tragen.

1995 / 96 arbeitete ich daran, eine neue Produktionsstätte für Stahlbau zu errichten. Wie sollte ich sonst die Verbindlichkeiten aus der ersten Investition tragen?
Die Vorstellung von unserem Sohn und seiner Frau waren, dass ich im Imbiß meiner Frau mitmachen sollte. Doch wieviel Würstchen hätten wir verkaufen müssen, um für die Verbindlichkeiten aufkommen zu können.
Und die Beziehung zu meiner Frau war nicht mehr intakt.
Wenn sie zu mir gehalten hätte, wäre diese ganze Situation nicht entstanden.
Außerdem betrieb ich den Beruf eines Schlossermeisters mit Leib und Seele.
Mein Hals steckte so halbwegs in der Schlinge.
Aber ich bin ein Kämpfertyp. Gunthard, der Name, den mir meine Mutter während des Krieges gab, heißt, „Kämpfer".
Sie hatte sich bei der Wahl des Namens etwas gedacht.

Ende des Jahre 1995 wurden die Fundamente gesetzt und die tragenden Stützen für die Halle.

Meine Schwiegertochter machte weiterhin die Buchführung für mich. Aus ihrer Buchführung ergab sich, dass noch etwa 60.000 DM aus dem Bauvorhaben Mutter-Kind offen sind.
Aus diesem Grund hatte ich auf ihren Wunsch hin meinem Sohn zwei Fahrzeuge übergeben für je eine DM, beide Fahrzeuge knapp fünf Jahre alt, einen Opel Vectra und einen geschlossenen Kastenwagen.
Welcher Vater kann seinen Kindern Steine in den Weg legen. Welcher Vater kann das.
Es kam aber kein Geld mehr aus dem Bauvorhaben.
So viel Zeit und Kraft alles zu prüfen, hatte ich nicht. Man muß sich auf seine Leute verlassen können, denn „nichts ist schlimmer als Verrat aus den eigenen Reihen," so sagte dies Frau Merkel einmal.

Kurz überlegt habe ich schon, einen Insolvenzantrag zu stellen.
Was wäre dann aus dem Betrieb geworden, den mein Sohn gerade übernommen hatte. Eine Insolvenzversteigerung hätte für mich mehr gebracht, als meinem Sohn den Betrieb unter Zwang fast zu schenken.

Ich hatte zwei Auszubildende übernommen, Hagen Kohlhas und Mirko Müller. Beide waren sie feine Kerle. Weiterhin habe ich einen Facharbeiter übernommen, Franz Sieg, später dann wie gefordert Leute eingestellt, unter anderem auch meinen Schwager Herbert, den Mann von Elke.
Die Familie war kurz nach der Wende wieder zurückgekommen nach Altenweddingen, wo sie ein eigenes Haus hatten.
Herbert brauchte nun Arbeit, und ich tat ihm den Gefallen.
In meinem Kopf und in der Realität liefen immer mehrere Baustellen gleichzeitig ab. Baustellen, die fertig waren, aber noch kleine Restarbeiten erforderlich waren, Baustellen, die im Anlauf waren, Baustellen, auf die sich die ganze Arbeitskraft gerichtet hatte.
Und wir mussten uns an neuen Ausschreibungen beteiligen.
Dabei musste die zweite Produktionsstätte auch noch fertig werden.

Ich konnte die Halle meines Sohnes nicht bis zum 30.06.1996 nutzen. Es war auch nicht möglich, wie laut Vertrag vorgesehen, die Maschinen mit zu nutzen.
Er sagte: „Wenn du dann nicht fertig bist, schmeiße ich dich aus meiner Halle raus."

Den Zeitplan konnte ich zum Glück einigermaßen einhalten.
Während des Umzugs aus meinem Büro, welches im Obergeschoss über seinem Büro lag, hatte er eine Wand zum Nebenraum durchgebrochen.
Das Obergeschoss hat er zur Wohnung umgebaut und ist dann aus der Wohnung in der Lindenstraße ausgezogen ins Gewerbegebiet.

Meine Buchführungsordner lagen 5 cm unter Bauschutt.

Vorher hatte ich mich fast nur noch im Büro im Obergeschoss aufgehalten. Meine Lebensmittel stellte ich in den Kühlschrank im Aufenthaltsraum für die Kollegen.
Kunden brachten eine Dose selbstgeschlachtete Leberwurst mit.
Zusammen mit meinem Schwager Herbert haben wir beide Brötchen mit Leberwurst gegessen in meiner neuen Produktionsstätte.
Wir saßen im großen Raum im Obergeschoss über dem Büro an einem kleinen runden Tisch. Der Raum war im Rohbau fertig.
Mein Schwager hatte nur etwas Leberwurst gegessen, ich dafür um so mehr.
Nach ein paar Stunden wurde mir übel, und ich bekam hohes Fieber.
Es war, wie ich vermutet hatte, eine Vergiftung.
Zum Aufenthaltsraum hatten viele Leute Zugang.
Als ich meine Frau später zur Rede stellte sagte sie: „Wenn es doch mal geklappt hätte."
Ich hatte zu dem Zeitpunkt, im Mai 1996 einen Auftrag als Subunternehmer in Lübeck abzuarbeiten. Der Hauptauftragnehmer war die Firma Fricke aus Salzwedel, die ihre Firma im ehemaligen Chemiewerk eingerichtet hatte.
Bis ich mich wieder erholt hatte, dauerte es ein paar Tage. Ärgerlich war, dass ich die Dose nicht aufgehoben habe.
Gesundheitlich angeschlagen habe ich dann doch die Tour nach Lübeck geschafft. Wir mussten Geländer anfertigen und schweißen.
Beim Schleifen mussten wir aufpassen, dass die Fensterscheiben in den Räumen nicht beschädigt werden. Teilweise waren diese schon von der Hauptfirma beschädigt worden. Wir fertigten uns eine Rohrrahmenkonstruktion an, an der wir eine Plane befestigten. Somit traten keine weiteren Beschädigungen an den Fenstern auf. Die Bauleitung hatte zuvor versucht, uns für die Beschädigungen verantwortlich zu machen.

Der Umzug von der Produktionsstätte meines Sohnes war abgeschlossen.
Für meine Büroarbeit hatte ich ab dem 1. März 1996 eine Frau aus Salzwedel in Teilzeit eingestellt.
Sie war nach Tod ihres Mannes mit ihren beiden erwachsenen Söhnen allein, und ich war es ebenso.
Wir erledigten von da an die Arbeiten gemeinsam.
In der oberen Etage im Gewerbegebiet richteten wir eine kleine Wohnung ein.

Gleichzeitig reichte ich die Scheidung ein.
Zuvor wollte ich mich mehrere Male von meiner Frau trennen. Die Kinder sorgten dafür, dass ich davon Abstand nahm.
Bevor unser Sohn krank wurde, wurde unsere Tochter krank.
Sie hatte eine ernsthafte Schilddrüsenerkrankung.

Die Scheidung dauerte bis Dezember 1999, fast vier Jahre.
Bei der Scheidung mischten meine Kinder, noch mehr die Schwiegerkinder, mit.

Wir waren 32 Jahre verheiratet. Meine Frau konnte es nicht fassen, dass ich es geschafft hatte, mich von ihr zu trennen.
Während der Bauphase an der neuen Halle stand sie nachts auf der Rüstung und schlug gegen die Fenster.
Mit einem großen Gewicht hatte sie einen Aluminiumrollladen verbeult.
Anpflanzungen vor dem Gebäude hatten meine Frau und die Kinder über Nacht herausgerissen.
Bis zur Scheidung und der sich anschließenden Zwangsversteigerung ließen meine Frau und meine Kinder mich nicht auf unser gemeinsames Grundstück. Es gehörte mir und meiner Frau zusammen.

Meine Frau hatte eine Pistole und damit mehrfach gedroht. Sie wurde ihr von der Kriminalpolizei weggenommen.
Alle Einigungsvorschläge, die ich mit ihr versuchte, schlugen fehl.
Ich schlug vor, dass sie und die Kinder das Familiengrundstück behalten sollten, mir das Haus geben, welches meiner Frau gehörte und eine kleine finanzielle Entschädigung.
Es fielen nur immer wieder Sätze wie: „Wir machen dich fertig!"

Unter diesen Bedingungen, dass ich die Kredite für meinen Sohn zu tragen hatte, noch einmal von vorn anfing und eine eigene Investition bewältigen musste, wurde ich mit Unterhaltszahlungen für meine Frau konfrontiert.
Meine Schwiegertochter hatte per Fax aus meinem ehemaligen Büro die Unterhaltsforderung, die sie ausgerechnet hatten, übersandt.

Meine Frau betrieb den Imbiß und hatte Miet- und Pachteinnahmen. Sie besaß 40 ha Acker, Wald und ein Einfamilienhaus.
Die Kosten für unser Familienobjekt hatte ich hauptsächlich zu tragen.

Aus unserer Scheidung wurde, obwohl wir getrennte Wege gingen, eine einzige Schlammschlacht, bei der die Kinder und Schwiegerkinder kräftig mitgewirkt haben.
Bei meinen Kindern habe ich mich herausgehalten, mit welchem Menschen sie zusammen leben wollten. Dies ging mich nichts an.

Meine Tochter heiratete am 17.01.1987, mein Sohn am 08.10.1993.
Beide Male wurde eine große Feier im Gasthaus Hoffmann in Kläden ausgerichtet. Für meinen Sohn hatten wir einen roten Mercedes geleast für diesen Anlass. Mit diesem Fahrzeug ist das Brautpaar zum Standesamt in Arendsee und anschließend zur kirchlichen Trauung gefahren. Erinnern kann ich mich auch an den Polterabend meiner Tochter. Als Räumlichkeit nutzten wir meine Werkstatt. Mit dem Werkstattofen

haben wir den Tiegelbraten warm gehalten. Es kamen 60 bis 70 Leute. Den Polterabend organisiert und finanziert haben meine Frau und ich. An dem Tag war es bitter kalt, minus 17 Grad Celsius. Zwei Leute, die schon genug getrunken hatten, waren auf einmal verschwunden. Wir hatten alles abgesucht, sie nicht gefunden. Am nächsten Morgen tauchten sie zum Glück wieder auf.
Sie hatten es geschafft, sich eine warme Bleibe zu suchen.

Ich hätte mir bei der Trennung von meiner Frau von meinen Kindern ein bißchen mehr Verständnis und Fairness gewünscht, denn wieviel Paare trennen sich.
Ich wollte im Grunde auch nichts weiter, als ein eigenständiges Leben führen.
Nach einer Weile hatte meine Frau auch wieder einen Mann an ihrer Seite. Er wohnte zumindest bei ihr.
Der finanzielle Schaden, den mir meine Familie während der vier Jahre bis zur Trennung von meiner Frau zugefügt hatte, war immens. Mir wurden sehr viel unnötige Gerichts- und Anwaltskosten aufgebürdet. Aber darum ging es hauptsächlich, mich in den Ruin zu treiben. Dazu kam die enorme nervliche Belastung.
Kinder und Schwiegerkinder hatten sich wohl gegenseitig hoch geschaukelt mit der Strategie, die Trennung der Eltern so lange wie möglich hinauszuzögern.
Meine Tochter stand etliche Male wütend vor meinem Büro im Gewerbegebiet und klingelte eine halbe Stunde, trommelte wütend gegen Türen und Fenster.
Etliche Male stellte sie sich in der Stadt vor mein Auto und blockierte mir die Fahrt. Meine Nerven lagen so dann und wann blank, denn ich hatte Aufträge abzuarbeiten, die meine ganze Konzentration forderten.
Die Provokationen von meiner Tochter über einen Zeitraum von mehreren Jahren eskalierten im Sommer 1999. Ich wollte mit meiner Part-

nerin auf mein Grundstück fahren, welches mir zur Hälfte gehörte laut Grundbuch, und zum Seegrundstück hinunter gehen zum Baden. Das Fahrzeug wollte ich auf den Nebeneingang stellen. Plötzlich stürzte meine Tochter auf mich zu. Dass meine Frau verreist war, und sie das „Haus hütete", erfuhr ich später. Sie stellte sich vor mein Fahrzeug und rief: „Hier kommst du nicht durch." „Geh zur Seite!" Sie ging aber nicht zur Seite. Weit nach vorn gebeugt stand sie vor meinem Fahrzeug und fuchtelte mit den Armen herum. Ich fuhr etwas an, und sie fiel auf die Motorhaube.

Familienstreit eskalierte: Vater wegen gefährlicher Körperverletzung angeklagt.

Eine Entschuldigung hätte die Gerichtsverhandlung verhindert

Streit gibt es in jeder Familie. Meistens werden sie irgendwann in einem versöhnlichen Gespräch beigelegt. Manchmal aber enden sie auch vor Gericht. So wie der Fall, der gestern im Amtsgericht in Salzwedel verhandelt wurde.

Von Stefanie Tyroller

Salzwedel. Im Zeugenstand schildert die Tochter den Verlauf des Streits, der im Sommer 1999 zu einer gefährlichen Körperverletzung führte, so: Ihr Vater fährt auf das See-Grundstück, das ihm und seiner geschiedenen Frau gehört. Die Tochter, die sich im Auftrag der verreisten Mutter um das Grundstück kümmert, läuft auf das Auto zu. Sie will den Vater wegen Meinungsverschiedenheiten in der Familie zur Rede stellen. Das Gespräch endet im Streit. Sie stellt sich

AUS DEM GERICHT

daraufhin vor sein Auto und fordert ihn auf, das Grundstück wieder zu verlassen.
Doch der Vater legt den Vorwärtsgang ein und gibt Gas. Die Tochter stürzt auf die Motorhaube seines Wagens, er fährt weiter. An das, was dann passiert sein muss, kann sich die 35-jährige Frau nicht mehr erinnern: Mit schweren Verstauchungen und Prellungen landet sie in einer Hecke und muss ärztlich versorgt werden.
Der Vater, der auf der Anklagebank sitzt, bestreitet, seine Tochter angefahren zu haben. Er behauptet, sie sei von alleine auf die Motorhaube gefallen. Zunächst habe seine Begleiterin Tochter ihn am Aussteigen gehindert, dann seine Begleiterin bedrängt. Deswegen sei er dazwischen gegangen und hätte die junge Frau am Oberarm gepackt und weggezogen. Warum sie in die Hecke gefallen ist, kann er sich nicht erklären.
Was gestern im Gericht verhandelt wurde, ist der Gipfel des seit vier Jahren schwelenden Konfliktes.
Die Tochter gibt zu, dass sie die Anzeige zurückgezogen hätte, wenn der Vater sich für sein Verhalten entschuldigt hätte. Das ist nicht geschehen.
Richter Andreas Wüstenhagen verzichtete darauf, weitere Zeugen zu hören. Das Verfahren wurde vorläufig eingestellt. Der 57-jährige Schlossermeister muss 1 500 Mark Schmerzensgeld an die Geschädigte bezahlen. Damit begleicht er einen Betrag, den er der Tochter ohnehin schuldete.

Wütend stand sie dann vor der Tür meines Fahrzeuges und rief: „Du steigst nicht aus!" Sie war außer sich. Mir gelang es dann doch auszusteigen, und es begann eine Rangelei neben der Hecke zum Nachbargrundstück. Das Grundstück fällt stufenförmig etwas ab und meine Tochter stolperte an der Kante zum Nachbargrundstück. Die Nachbarn hörten den Lärm. Frau Dr. Müller wollte die Polizei rufen. Um uns von dem Schrecken zu erholen, sind wir langsam um den See gefahren und dann ins Gewerbegebiet. Wir saßen am Schreibtisch und

plötzlich stand die Polizei vor der Tür. Ich ließ sie hinein, sie unterhielten sich mit mir und sagten: „Wir müssen der Anzeige nachgehen."
Meine Tochter hatte mich angezeigt wegen Körperverletzung.
In dem Schreiben der Staatsanwaltschaft hieß es, dass ich mein Fahrzeug als Waffe eingesetzt hätte.
Auch die Krankenkasse hatte mich belangt.
Das ganze landete vor Gericht und die Nachbarn wurden als Zeugen geladen. Ich wurde dazu verurteilt, Schmerzensgeld in Höhe von 1.500 DM an meine Tochter zu zahlen.
In den Zeitungen war darüber auch allerhand zu lesen. „Scheiden tut weh" war eine Überschrift. Bei der Gerichtsverhandlung sagte der Richter: „Sie hätten sich bei ihrer Tochter entschuldigen müssen."
Nervlich angeschlagen, wollte ich dazu vor Gericht nichts mehr sagen.
Wie weit können erwachsene Kinder gehen? Wo ist die Grenze?

Aus dem Inventar der gemeinsamen Wohnung bekam ich das, was meine Kinder stehen ließen. Dass meine Frau schwer erkrankt war, erfuhr ich erst später. Sie ist Ende 1999 zur Tochter nach Kläden gezogen. Im April 2000 ist sie verstorben.
Eine Münzsammlung, die mir gehörte, hatte meine Frau dorthin mitgenommen und meine Kinder haben diese nicht heraus gegeben.
Einmal ging meine Tochter so weit und fragte: „Wie stellst du dir deine Beerdigung vor."
Ich hatte zu dem Zeitpunkt eine gute „Mannschaft", die hinter mir stand.
Die Zusammenarbeit mit den meist jungen Leuten hatte sehr viel Spaß gemacht.
Wir haben in der Zeit viel zusammen gelacht. Es war eine freudvolle, lockere Atmosphäre.
Ich habe Lehrlinge ausgebildet, und sie erfolgreich zum Abschluss geführt. Insgesamt habe ich während meiner Tätigkeit 15 Lehrlinge ausgebildet.

Auf die Provokation meiner Tochter sagte mein Kollege Gehrmann: „Chef, die Beerdigung kriegen wir auch noch hin" und alle haben mächtig gelacht.

Die Art und Weise, wie die Trennung von meiner Frau erfolgte, mit sehr viel Aufsehen, ist ein dunkles Kapitel in meinem Leben.

Seit 1996 arbeitete ich getrennt von meinem Sohn.
Wir hatten Mitte des Jahres einen Auftrag für das Jugendfreizeitzentrum in Magdeburg Olvenstedt erhalten.
Ich hatte mit meiner „Mannschaft" längere Zeit mit dem Planungsbüro Kirchner und Przyborowski in Magdeburg zusammen gearbeitet.
Die Leitung des Planungsbüros hatten zwei Männer, ansonsten waren nur Frauen angestellt.
Wir hatten einen Großauftrag in Dingelstedt bei Halberstadt und haben mitgewirkt bei der Errichtung eines Heimes für körperlich und geistig behinderte Menschen. Wir errichteten mehrere vorgesetzte große Balkone über drei Etagen, Vordächer, einen Aussichtsturm über dem Fahrstuhlschacht und Treppengeländer.
Die Architektin, Frau Schumann, war gerade mit dem Studium fertig und hatte sehr gute Zeichnungen vorgelegt. Einmal hatte sie dann einen Fehler gemacht und eine Stütze genau vor die Tür gesetzt. Als ich ihr das sagte, meinte sie: „Herr Herbst, sie wollen mich veralbern."
„Nein."
Nach einer Weile rief sie wieder an, und sagte: „Sie haben Recht."
Der Fehler wurde behoben, die Stütze versetzt.
Die Bauleitung hatte Frau Hirschfeld. Öfter sagte sie, insbesondere zum Abschluss der Arbeiten beim Endspurt: „Ich kriege eine Krise".
Die Architektin hatte sich zum Geburtstag eine Fahne auf dem Turm über dem Fahrstuhl gewünscht. Wir haben eine Fahne angefertigt aus Stahlblech, ausgebrannt und verschweißt.

Meine Bürofrau hatte Material nachgefahren, auch bis nach Dingelstedt in der Nähe von Halberstadt, eine große Fuhre Bretter für die Balkone.
Eine Weile später hatten wir noch einmal einen Auftrag in Zusammenarbeit mit dem Planungsbüro Kirchner und Przyborowski erhalten für das Heim für Suchtgeschädigte am Ortsausgang von Gardelegen, Träger ADROME.
Wir waren in Gardelegen zur Einweihung geladen. Ich hatte zu meiner Bürofrau gesagt, sie soll mitkommen, dann kann ich ein Bier trinken. Es war aber ein Heim für Suchtkranke. Es gab kein Bier.
Die kirchlichen Ordensträger, in schwarzen langen Mänteln gekleidet, hatten Reden gehalten. Die Leiterin, eine flotte junge Frau, hatte eine kurze orangefarbenen Hose und in der gleichen Farbe eine leichte Bluse zur Einweihungsfeier an. Sie hielt auch eine bewegte Rede. Der Landrat war auch zur Einweihungsfeier eingeladen worden und hielt ebenfalls eine Rede.
Die Bewohner des Heimes konnten ein Haustier mitbringen, einen Hund oder einen Vogel. Wir hatten zu dem Zweck einen großen Hundezwinger gebaut. Es brachte jedoch nur ein einziger seinen Hund mit, einen kleinen Dackel. Der war in dem großen Zwinger gar nicht wiederzufinden.
Wir hatten Verbinder zwischen den Gebäuden, vorgesetzte Treppenaufgänge, Vordächer, Balkone, Treppen und Treppengeländer angefertigt. Später hatten wir noch einmal Kontakt mit der Leitung von ADROME in Gardelegen. Es ging um den Ablauf der Gewährleistung für unser Gewerk.
Die Bewohner des Heimes konnten erst einmal zwei Jahre dort bleiben. Wir erfuhren dort, dass sie am liebsten für immer dort bleiben wollten.
Für das Altenheim in Beetzendorf hatten wir ebenfalls einen Auftrag für die Metallbau- und Schlosserarbeiten erhalten. Es war das

Planungsbüro Schneider und Menzel aus Tangerhütte, mit dem wir zusammen gearbeitet haben.

HistorischesGeländer an der Alten Jeetze in Salzwedel

Rettungstreppe an der Groneschule in Salzwedel

Wir hatten immer mal Praktikanten. Zu dieser Zeit hatten wir einen 17-jährigen Jungen als Praktikanten. Er kam aus Gollensdorf jeden Tag mit dem Fahrrad. Uns erzählte er, wenn er wegfährt, macht er eine Kette mit einem großen Schloss vor seinen Kühlschrank zu Hause, damit die kleinen Geschwister ihm nicht alles wegessen. Auf diese Weise hatte er schon etliche Kilo zu viel zu tragen. Er war ein rundlicher

Junge mit einem niedlichen Gesicht. Er war in einer Einrichtung für lernbeeinträchtigte Jugendliche in Salzwedel untergebracht.
Für die Einweihungsfeier in Beetzendorf sollte er einen Schlüssel, 80 cm lang, mit Schnörkeln, streichen. Früh fing er an und wurde und wurde nicht fertig. Er war schon zwei Stunden ingang. Die Einweihungsfeier war nachmittags.

Mir reichte es allmählich mit ihm und ich rief: „Wenn du in einer halben Stunde nicht fertig bist, erschiesse ich dich." Ruck zuck war er fertig.
Die Farbe war noch nicht richtig trocken bei der Schlüsselübergabe.
In Salzwedel hatte ich ihn später noch einmal getroffen. Er stand am Rande eines Parkplatzes, und ich war etwas weiter entfernt und war beim Einsteigen in mein Auto. Er rief von weitem „Herr Herbst, Herr Herbst" und winkte fröhlich. „Ich mache jetzt mit Holz". Ich rief: „Das ist gut. Mach weiter so".

In Salzwedel hatten wir in Zusammenarbeit mit dem Planungsring „Altmark" zwei Rettungstreppen errichtet, eine am Kindergarten in der Sankt Ilsenstraße und eine an der Grone-Schule an der Alten Jeetze.
Nachdem die Rettungstreppe stand, mussten Wände durchgebrochen werden, um zwei Türen einzusetzen. Ich arbeitete mit der Baufirma Franke und der Tischlerfirma Fricke zusammen.
Als sie den Durchbruch machten, saßen die Kinder an ihren kleinen Tischen und aßen Mittag.
Es wurde eine Folie vor die Wand gespannt, aber trotzdem war der Raum voller Staub. Die Kinder saßen friedlich an den Tischen und aßen weiter. Sie waren wenig beeindruckt von den Handwerkern. Die Kindergärtnerinnen machten ein großes Geschrei. Die Männer, besonders Herr Fricke, der sich das sehr zu Herzen nahm, waren fix und fertig.

Sie hatten dann Sekt gekauft und sich bei den Kindergärtnerinnen entschuldigt. Da ich Hauptauftragnehmer war, kam das Fax-Schreiben der Bauleitung, ganz hart aufgesetzt, bei mir an. Hinterher konnten wir alle wieder lachen. Die Kindergärtnerinnen hatten Sekt und Entschuldigung angenommen.
An der Alten Jeetze haben wir nach den Vorgaben des Planungsbüros Rauchenberger aus Dannenberg ein historisches Geländer aufgestellt.

In Arendsee habe ich zusammen mit dem Tischler Reiner Brückner, der bereits verstorben ist, in der Sparkasse die Wendeltreppe über drei Etagen gebaut.
Es passierte nur ein einziges Mal, dass ich mit meinem Sohn zusammen auf einer Baustelle gearbeitet habe, beim Bau der Sparkasse in Arendsee. Er hatte den Auftrag für die Aluminiumarbeiten erhalten, hat Fenster und Türen gebaut und eingesetzt.
Es war nicht möglich, mit ihm zeitlich zu kooperieren. Das Planungsbüro hat die Situation sicherlich verkannt. Er hatte sämtliche Fenster und Türen eingebaut, so dass ich Probleme hatte, die großen Stahlteile für die Wendeltreppe in das Gebäude zu bringen.
Bei jeder Gelegenheit, die sich ergab mir Schaden zuzufügen, wurden er und meine Schwiegertochter aktiv.

Im Horning in Arendsee haben wir an ein Fachwerkhaus eine Stahltreppe außen angestellt, um Platz zu gewinnen. Die Treppe wurde dann noch von uns mit Glas eingehaust.

In dieser Zeit bis Anfang 2000 haben wir in der JVA in Celle gearbeitet. Wir haben eine Treppe über drei Etagen mit Betonstufen und Podesten aus Beton gebaut und Treppengeländer angefertigt.
Aufgrund der Sicherheitsbestimmungen dauerte es an der Wache lange, bis alles durchgesucht war. Die Arbeiter mussten alle durch

eine Schleuse gehen. Die Fahrzeuge wurden ebenfalls unter die Lupe genommen.
Als wir auf dem Hof der JVA waren, lief unser Opel Campo noch. Der Motor war noch an. Wir waren gerade angekommen. Ein „Sträfling" rief aus dem Fenster: „Auch ein Mörder hat ein Recht auf frische Luft."
Meine „Jugendbrigade" hatte in der JVA ein Nest mit einer Ente und drei Entenküken entdeckt. Sie haben die Ente und die Küken mitgenommen und im Fahrzeug versteckt. An der Wache wurde nichts bemerkt, und so kam die Ente mit den Küken in Freiheit.
Hagen Kohlhas hatte sie mit nach Mieste genommen.
Hagen war sieben Jahre in meiner Firma. Er hatte bei mir gelernt. Neben meinem Sohn war er der talentierteste Mitarbeiter, den ich hatte. Er hatte gute schulische Voraussetzungen mit dem Abitur. Er war ein junger Mann, Anfang zwanzig, mit gutem logischen Denkvermögen, guten praktischen Fähigkeiten und einem starken ehrlichen Charakter. Die Jüngeren folgten seinen Anweisungen. Er hatte später eine Meisterausbildung gemacht und hat eine eigene Firma bei seinem Vater gegründet.
In der ersten Zeit habe ich überwiegend mit aufgeweckten Leuten zusammen gearbeitet. Ich hatte einen weiteren Kollegen, Nico, der auch Abitur gemacht hatte und nach der Lehre zum Studium ging.

So dann und wann wurde ich immer mal erinnert, dass es eine weitere Firma Herbst im Gewerbegebiet gibt, gleich schräg gegenüber.
Die Post hatte Ausschreibungen falsch zugestellt. Mir wurden diese übergeben, als die Frist, ein Angebot zu erstellen, abgelaufen war.
Besucher, die zu mir wollten, kamen in der Firma meines Sohnes an und waren etwas irritiert darüber, dass es zwei Firmen Herbst gab.
Lieferanten, die Material brachten, erging es ebenso.
Die Investition, zu der ich mehr oder weniger genötigt wurde, wäre auch überflüssig gewesen bei mehr Vernunft und weniger Egoismus.

Bei einer Veranstaltung der Überwachungsgemeinschaft des Brandschutzverbandes Niedersachsen, Sachsen-Anhalt eV 1997 in Goslar sorgte der Sachverhalt, dass es zwei Firmen Herbst in Arendsee gab, noch einmal für Verwirrung.
Wir hatten uns gleich nach der politischen Wende interessiert für die Konstruktion von Brandschutztüren. Herstellung, Einbau und Wartung dieser Spezialtüren unterliegt rechtlichen Vorschriften.
Mitglied zu sein bei der Überwachungsgemeinschaft war hierfür Voraussetzung. Brandschutztüren werden eingebaut in Schulen, Krankenhäusern, Altenheimen und anderswo.
Ein Einmalbetrag in Höhe von 10.000 DM musste gezahlt werden, weiterhin Jahresbeiträge nach Betriebsgröße.
Bei der Veranstaltung in Goslar wollte ich mich auf der Anwesenheitsliste eintragen. Ich hatte eine Einladung erhalten, war aber nicht auf der Liste aufgeführt.
Ich ging die Liste noch einmal durch und sah, dass mein Sohn sich eingetragen hatte. Ich sah mich um und sah ihn und seine Frau etwas weiter entfernt sitzen.
In dem Saal saß ein Gremium von etwa 100 Leuten aus allen Teilen des Verbandes, aus größeren und kleineren Firmen.
Ich stand auf, ging nach vorn und fragte die Veranstalter, wie es sein kann, dass ich zwar Mitglied der Überwachungsgemeinschaft bin, eine Einladung erhalten habe, aber nicht auf der Anwesenheitsliste stehe, sondern mein Sohn.
Damit hatte ich die ganze Veranstaltung durcheinander gebracht.
Man sagte mir, dass mein Sohn mitgeteilt hätte, dass er den Betrieb gekauft hat und somit auch die Lizenz zum Bau von Brandschutztüren.
Diese Vereinbarung gab es aber nicht.
Auf meinem Firmenschild stand: Stahlbau, Brandschutz- und Sicherheitselementefertigung Gunthard Herbst
Mein Sohn musste später selbst Mitglied der Überwachungsgemeinschaft werden und eine Lizenz erwerben.

Im Frühjahr 2000 hatte mein Sohn den Kredit, den ich für ihn getragen hatte, fast 5 Jahre mit einer hohen Verzinsung, selbst von der Bank übernommen.
Die Bank hatte lange alle Verträge vorbereitet, und er zögerte immer weiter damit, den Kredit zu übernehmen. Er brauche noch Bedenkzeit, sagte er auf Nachfrage zur Bank. Wochen später wurde der Kredit, den ich für ihn getragen hatte, abgelöst.
Ich hatte ein Vielfaches der Kosten für seinen Betrieb vorher getragen. Allein der Kredit, den mein Sohn nun übernahm, verursachte Kosten von rund 75.000 DM für mich. Und mein Betrieb war nicht annähernd so leistungsstark wie sein Betrieb, den ich als erstes errichtet hatte.
Später war zu sehen, dass es ihm wirtschaftlich gut geht. Er besitzt eine mittelgroße Yacht, um damit seinen Urlaub zu verbringen und drei größere Häuser.
Während ich mit den Bilanzen herum kämpfte, konnte mein Sohn in Urlaub fahren. Von der Bank und vom Steuerbüro bekam ich zu hören: „Herr Herbst, sie müssen mehr arbeiten!" „Ihre Bilanz!" Ich saß schon mächtig in der Falle. Das ganze hat bis heute Auswirkungen auf mein Leben, auf meine Gesundheit.
Mein Ziel habe ich erreicht. Meinen Kindern sollte es besser gehen als mir. Meinen beiden Kindern geht es wirtschaftlich gut. Sie sind beide in den Stadtrat gewählt worden.

Bis 2002 hatten wir kontinuierlich Aufträge, dann wurden sie allmählich weniger. Die Zusammenarbeit mit den Planungsbüros wurde angespannter, denn der Druck hatte sich auch für sie erhöht.
Nach 1990 wurden zahlreiche Planungsbüros gegründet.
In der ersten Zeit wurden die Rechnungen beglichen.
Konflikte, die sich auf dem Bau und überall ergeben, wurden fair gelöst.

2001 hatten wir eine verzinkte Rettungstreppe für eine Kindereinrichtung der Gemeinde Barleben über zwei Etagen angefertigt. Sie wurde in der Werkstatt vorgefertigt, verzinkt und auf der Baustelle montiert.

Die Bruttosumme betrug 25.000 DM. Die Schlussrechnung wurde vom Architekten aus Landsberg am Lech etwas gekürzt.
Die Rettungstreppe wurde in Gebrauch genommen, wurde auch als Außentreppe genutzt.
Nach Fertigstellung der Treppe wurde an der Giebelseite, an der die Treppe stand, ein Jahr später eine Dämmung angebracht. Dazu mussten die Geländer an der Wandseite abgebaut werden. Ich bin zufällig an der Kindereinrichtung am Ortsausgang Barleben vorbei gekommen und sah, dass die Geländer auf dem Hof lagen. Ich hatte keinen Fotoapparat dabei.
Die Geländer an der Wandseite passten aufgrund der Dämmung nicht mehr in die vorgesehenen Bohrungen für die Verschraubungen. Sie wurden daraufhin angeschweißt.
Zwei Jahre später war die Treppe von der zuständigen Baubehörde immer noch nicht abgenommen.
Im Protokoll der Baubehörde waren geringfügige Mängel aufgeführt und vorgeschlagen, die Treppe gegebenenfalls farblich zu beschichten. Ich wurde zwei Jahre später aufgefordert, die Mängel zu beseitigen, sonst würde man mir den Auftrag entziehen.
Da eine andere Firma die Geländer abgebaut und wieder angebaut hatte, also in mein Gewerk eingegriffen hatte, sah ich keine Veranlassung, hier tätig zu werden.
Die Gemeinde hatte einen Gutachter eingeschaltet und eine Klage gegen mich erhoben.
Die Treppe war statisch abgenommen.
Der Gutachter zweifelte die Statik an. Mängel, die durch das Anbringen der Dämmung entstanden waren, es wurde geschweißt und mit einem Winkelschleifer gearbeitet, wurden mir angelastet. Ne-

benbei muss man sagen, dass die Vögel vom Barlebener See auch ihre Spuren an der Treppe hinterlassen haben. Die Treppe war mit sehr viel Vogelkot versehen. Der Kot wirkt aggressiv auf verzinkte Oberflächen.
Der Gutachter, zugelassen für das Maurerhandwerk, forderte, die Treppe für rund 35.000 EUR zurückzubauen und zu erneuern.
Der Anwalt der Gemeinde schrieb mich an, ob ich bereit bin, den Betrag zu zahlen, um die Sache kurzfristig zu Ende zu bringen.
Meinen Einspruch, dass der Gutachter nicht die entsprechenden Kenntnisse für das Fachgebiet Metallbau-Konstruktion hat, hat das Gericht nicht anerkannt.
Der Prozess am Landgericht Magdeburg zog sich über einen Zeitraum von vier Jahren hin. Die Verhandlung führte jedesmal ein anderer Einzelrichter. Der Architekt hatte mir den Streit verkündet und war somit auch mein Gegner. Vor Gericht erschienen drei Anwälte und drei Parteien.
Eine Richterin redete wütend auf mich ein: „Herr Herbst, geben Sie endlich zu, dass Sie auf der Baustelle geschweißt haben."

Um dies zu beweisen, dass ich nicht auf der Baustelle geschweißt hatte, wurden Zeugen benötigt.
Ein Mitglied des Gemeinderates hatte zufällig gesehen, als er seine Frau, die in der Kindereinrichtung arbeitete, abholen wollte, dass die Treppengeländer auf dem Hof lagen. Die Baubrigade der Gemeinde hatte die Arbeiten an den Geländern selbst gemacht, sagte er mir.
Er hatte sich als Mitglied des Gemeinderates geärgert, was mit mir gemacht wurde. Er sagte während einer Gemeinderatssitzung: „Was ihr mit dem Herbst macht ist eine Sauerei."
Vor Gericht hatte er als Zeuge zu meinen Gunsten ausgesagt.
Der zweite Zeuge war ein ehemaliger Mitarbeiter, der aussagte, dass wir nicht auf der Baustelle geschweißt haben.

Auch die Firma, die die Dämmung angebracht hatte, musste vor Gericht erscheinen. Die Treppe wurde für die Dämmarbeiten eingerüstet.
Der Chef musste Erklärungen abgeben, wie er bei der Arbeit vorgegangen ist.
Die Treppe wurde auch benutzt, um Material hoch zu tragen. Die Treppe war angeblich abgedeckt.
Die ganze Prozedur war, als hätte ich einen Mord begangen.
Die Anwälte rollten mit ihren Koffern an.
Es wurde ein großer Handwagen voll Papier beschrieben.
Kurz, bevor das Urteil verkündet wurde, kam mein mich vertretender Anwalt aus Arneburg bei mir vorbei. Es ging angeblich um einen Schreibfehler in zurückliegender Zeit, ein Komma fehlte.
Er hatte mir vorher bereits mitgeteilt, falls die Gemeinde unterliegt, würde diese in Berufung gehen. Die Kostenrechnung für die nächste Instanz hatte er mir zuvor bereits übergeben.
Ich befand mich in einem Druckkessel. Mein Anwalt hielt mir ein Schreiben unter die Nase. Vor lauter Angst unterschrieb ich dies.
Ich forderte ihn später auf, mir eine Kopie des Schreibens zu übergeben.
Er reagierte nicht, auch nicht als ich vor seinem Haus in Arneburg stand.
Die Klage der Gemeinde Barleben wurde vom Landgericht abgewiesen. Die Gemeinde hatte die Kosten zu tragen.

Ich hatte 5.000 EUR an Anwalts- und Gerichtskosten an meinen Anwalt vorab gezahlt.
Er bekam vom Gericht einen Kostenfestsetzungsbeschluß in Höhe von fast 4.000 EUR, und die Gemeinde überwies das Geld an meinen Anwalt.

Erfolgreiches Unter

Firma Herbst in Arendsee erweitert trotz Wirtschafts-

ARENDSEE (gü). Alles redet von Wirtschaftskrise, Einbruch und Stagnation – Renee Herbst aus Arendsee malt dennoch nicht schwarz. Als er sein Unternehmen vor 15 Jahren gründete, da war es ein mutiger Schritt, den der Arendseer aber nie bereut hat. Ob Fenster, Türen, Brand- und Rauchschutzelemente, Wintergärten oder Fassaden – alles das fertigt das Unternehmen werbegebiet Ost der und verbaut es in gan deutschland.

Und weil die Auft so gut ist, plant der U

Birgit und Renee Herbst haben sich entschieden: Eine neue Halle muss her. Das Unter kann nur mit der Investition die immwer stärkere Auftragslage bewältigen. Foto: G

Mein Anwalt hatte im Verlaufe des Prozesses seine Kanzlei gewechselt. Er hatte diese zu Beginn des Prozesses in der Friedensstraße in Osterburg. Später arbeitete er mit zwei jungen Anwältinnen in der Kirchstraße zusammen.

Alle Rechnungen an mich hatte er unterschrieben. Mit den beiden Frauen hatte ich keinerlei Kontakt.

...en plant neue Halle

...zkrise ihr Unternehmen / Gewerbegebiet wird zu klein

...ine neue Halle, gebaut ...ie im nächsten Jahr. Die Halle soll als Lager die... so dass die derzeitige ...ktionshalle um die La-...he vergrößert werden „Die Investition hier in ...see reiht sich ein in viele Vorhaben. Arendsee ...erade nach der Bildung ...nheitsgemeinde als wirt-...liches Zentrum an Be-...g gewinnen", ist sich sicher. Dazu sei aber ...ndig, die Angebote an ...n im Gewerbegebiet zu ...ern. Es wird eng, und ...b sei gemäß Flächennut-...lan die Vergrößerung ...ewerbegebietes auch in ...ng B 190 dringend ange-... Herbst sieht nicht nur ...twicklung seines Unter-...ns optimistisch, son-...uch die gesamte Ent-...ng in der Region. Tou-rismus sei das eine – aber gerade unternehmerische Aktivitäten der Kleinindustrie schaffen die Arbeitsplätze, die in der strukturschwachen Region Altmark dringend gebraucht würden. Jungen Menschen eine Zukunft geben – einen Anteil hat auch das Unternehmen Herbst. Immerhin konnten bislang zehn Azubis zum Metallbauer oder zur Bürokauffrau ausgebildet werden.

Im Herbst'schen Unternehmen sind insgesamt rund 20 Männer und Frauen beschäftigt. Weitere Unternehmen sollten einen Anreiz bekommen, in der Seestadt zu investieren. „Das darf nicht verhindert werden, sondern muss ein dringendes Bedürfnis sein", so Renee Herbst. Er wünsche sich in Zukunft eine offensive Suche nach potentiellen Investoren und Unternehmen. Davon würden dann alle profitieren.

Wer kennt noch den alten Brückenkran? Die derzeitige Halle war damals noch im Bau. Foto: Archiv / Herbst

---

Seine Kanzlei in Osterburg hatte er an eine der Frauen verkauft und führte den Prozess von Arneburg aus zu Ende.

Ich erhielt keine Abschlussrechnung.

Später wandte ich mich an die Anwältin, die seine Kanzlei gekauft hatte und zeigte ihr den Kostenfestsetzungsbeschluß, den ich mir vom Landgericht zusenden ließ. Sie zeigte sich empört und sagte: „Wir

müssen ihn verklagen." Es werden Klagen eingereicht, so normal, als wenn man sich auf dem Rummel ein Würstchen kauft.
Sie brachte eine Klage auf den Weg. Die Gerichtskosten musste ich vorab einzahlen.
Die Klage ergab, dass die Vorschüsse nicht mein mich vertretender Anwalt erhalten hatte, sondern die GbR, zu der er gehörte.
Nun stand ich wieder da. Wo sind meine Vorschüsse geblieben?
Den Prozess hatte ich verloren. Ich musste an den Anwalt, der mich zuvor vertreten hatte, rund 1.000 EUR Anwalts- und Gerichtskosten zahlen. Er hatte sich selbst vertreten. Mir ging allmählich das Geld aus. Der Anwalt betrieb die Zwangsvollstreckung und stellte einen Haftantrag für mich aus.
Als ich mich im Landgericht Magdeburg darüber beschwerte, dass mir die Vorschüsse nicht zurückgezahlt wurden, sagte man mir: „Seien sie doch froh, sie haben den Prozess doch gewonnen."
Also war ich froh, dass ich noch am Leben war, denn eine Krähe hackt der anderen nun mal kein Auge aus.
Egal, an wen ich mich wandte, niemand konnte etwas machen.

In Barleben hatte man gleich nach dem Gutachten die Treppe zurückgebaut und eine vollständig andere Treppe errichtet. Die Treppe von uns errichtet war nur verzinkt. Die neue Treppe war nicht nur vollständig anders in der Konstruktion, sie hatte auch eine andere Farbe. Sie war dunkelgrün beschichtet worden.

Dass es noch einmal dicker kommt mit den Juristen, hätte ich allerdings auch nicht gedacht.
Als der Prozess mit Barleben zu Ende ging war ich bereits Altersrentner.

Ich begann damit, auch schon vorher, eine Nachfolge für meinen Betrieb zu finden. Die Handwerkskammer in Magdeburg veröffentlichte

dies im Internet. Ich gab Zeitungsanzeigen auf, übergab meine Verkaufsabsicht einem Makler.
Auch junge Leute, mit denen ich zusammengearbeitet hatte, sprach ich an. „Herr Herbst, den Stress tut sich keiner mehr an."
Sie hatten ja Recht. Eine solide Grundlage, um miteinander zu arbeiten war dies schon lange nicht mehr.
Ein junger Steuerberater sagte einmal: „Ein Betrieb ist dann gut, wenn möglichst viele etwas davon haben."
Und der sich vorspannt vor den Betrieb und den Wagen zieht, für den bleibt nichts übrig.
Wir mussten zum zweiten Mal 2008 Kurzarbeit anmelden. Das erste Mal war 1997.
2007 hatten wir zuvor einen Auftrag für eine Schule in Georgsmarienhütte erhalten. An der Ausschreibung hatten sich noch weitere vier Firmen beteiligt.
Wir hatten uns wie immer intensiv an Ausschreibungen beteiligt, hatten zu dem Zeitpunkt keine Arbeit.
Wir fuhren Anfang Juni 2007 zur Bauanlaufberatung nach Georgsmarienhütte, von uns 280 km entfernt. Wir saßen in der Aula der Schule zusammen mit dem Planer und Bauleiter und dem Hausmeister. Meine Bürofrau hatte mich auch begleitet.
Wir sprachen an, dass das Treppengeländer waagerechte Stäbe hat und dies nicht zulässig ist für Schulen. Der Planer erklärte uns anhand seiner Zeichnungen, dass der vorgezogene Handlauf ein Überklettern der Kinder verhindert. „Dies ist mit dem Sicherheitsbeauftragten der Stadt abgesprochen," sagte er.
Wir kamen mit dem Planer und Hausmeister überein, wenigstens an den Podesten senkrechte Stäbe zu verwenden.
Die zuständige Architektin der Stadt für Schulen, die die Ausschreibung und den Auftrag für uns herausgegeben hatte, war im Jahresurlaub, wie sie sagten in Indien. Im Auftrag der Stadt wurde der Planer als unser Ansprechpartner ausgewiesen.

Wir hatten den Auftrag, 140 m Treppengeländer und 300 m Handlauf aus Edelstahlrohr für vier Aufgänge während der Sommerferien zu errichten. Die Materialbestellung dauerte bereits einige Tage.

Die Handläufe konnten wir bereits vorher an den Wochenenden während der Schulzeit anbringen. An der Wandseite waren keine Handläufe vorhanden. Die Maße zum Anbringen der Handläufe waren in der Ausschreibung vorgegeben.

Edelstahl ist ein ausgesprochen hochwertiger Stahl, die Verarbeitung nicht so einfach. Zum Schweißen von Edelstahl sind spezielle Schweißerpässe erforderlich und Talent. Wir haben nur die Konsolen am Rohr angeschweißt, um die Handläufe an der Wand zu befestigen. Sonst haben wir nur mit einer Rohrbiegemaschine die Rohre gebogen. Für Edelstahlgeländer und –handläufe gibt es im Handel vorgefertigtes Material zu kaufen, insbesondere Verbindungsstücke für Krümmungen und Endstücke.

In der Werkstatt lag ein ganzer Berg Material für die Geländer aus Stahl und die Handläufe.

Wir begannen, die Treppengeländer in der Werkstatt vorzufertigen. Die Flacheisen und Stäbe mussten zugesägt, angeheftet, geschweißt, nachgeschliffen und mit Rostschutzfarbe grundiert werden. Auf diese Art und Weise 140 m Geländer herstellen ist eine ganze Menge Arbeit.

Als wir das erste Geländer fertig gestellt hatten, Ende Juli, war die zuständige Architektin der Stadt aus dem Urlaub zurück und sah sich die Baustelle an. Der Planer und Bauleiter ist nicht mehr zur Baustelle gekommen.

Ich sagte, sie solle sich die Geländer ansehen, ob die Ausführung so in Ordnung ist.

Sie war damit einverstanden, hatte die erste Treppe abgenommen.

Ich fragte, ob eine Statik vorhanden ist. Sie sagte, darum hat sich der Planer gekümmert. Es ist nur ein Umbau und somit brauchen wir keine Statik, sagte sie weiterhin.

Die Geländer aus Spanholzplatten waren inzwischen abgebaut und abtransportiert worden. Die Bauleitung hatte die Architektin der Stadt übernommen. Von dem uns zugewiesenen Planer und Bauleiter war nichts mehr zu sehen und zu hören.
Nach den Anweisungen der Architektin der Stadt haben wir die Geländer und Handläufe gebaut. So waren die Spitzen der Pfosten zu scharfkantig. Diese sollten wir ändern. Aber an eingebauten Konstruktionen Änderungen vorzunehmen, ist nicht so einfach. In der Werkstatt hatten wir eine Gehrungssäge, mit der wir präzise arbeiten konnten.
Den Nachtrag, den ich dazu übergeben habe, hat die Stadt nicht akzeptiert und nicht beglichen.
Das letzte Geländer für das Verwaltungsgebäude konnten wir in den Herbstferien fertig stellen.
Die ersten Geländer wurden von einer Malerfirma mit einem Farbanstrich versehen, jedes in einer anderen kräftigen Farbe.
Nun hatten wir im Oktober 2007 auch das letzte Geländer fertig gestellt. Es wurde lilafarben gestrichen.
Im November, nach Fertigstellung aller Arbeiten, bekam ich eine Liste von Mängeln zugesandt, die ich abarbeiten sollte. Auf einmal war der Planer und Bauleiter wieder da. Er hatte die Liste erstellt.
Wir fuhren zum Ortstermin, fragten uns aber auch, was das ganze soll. Es waren auch noch Rechnungen offen in Höhe von rund 12.000 EUR.
Beim Ortstermin Ende November 2007 waren der Leiter des Bauamtes, die Architektin der Stadt für Schulen, der Planer und Bauleiter, meine Bürofrau und ich anwesend.
In hysterischer Art und Weise wurde auf uns eingeredet. Das ganze war eine Art Psychoterror.
Aber ich hatte schon in vielen Situationen Nervenstärke bewiesen.
Ich sollte die Mängel abarbeiten. Da lassen sie mich 140 m Treppengeländer bauen, rund 300 m Edelstahlhandläufe und als alles so weit fertig ist, wird eine Seite vollgeschrieben mit Mängeln.

Und das ganze, obwohl die Architektin der Stadt die erste Treppe komplett abgenommen hatte.
Wer einen Hund prügeln will, findet auch den entsprechenden Knüppel dazu.
Es wurden Schweißnähte bemängelt. Das macht sich immer gut.
Die Schweißnähte konnten sie nicht bemängeln, da ich die Qualifikation „Europäischer Schweißfachmann" habe und damit die Befähigung zum Beaufsichtigen von Schweißarbeiten. Die Schweißer, die zum Einsatz kamen, hatten die entsprechenden Schweißerpässe.

Meiner Forderung nach einer Statik war man während der ganzen Zeit nicht nachgekommen.
Auf eigene Initiative habe ich mich um eine Statik gekümmert.
Diese ergab, dass die Befestigung der Geländerstützen an der Treppe unzureichend war.
Die Treppen für die Schulen wurden Anfang der 70-iger Jahre errichtet. Steinstufen wurden auf einen Mittelholm gesetzt und darauf wurden Geländer aus Spanplatten befestigt.
Die Sicherheitsbestimmungen für Schulen hatten sich inzwischen geändert.
Meine Aufgabe war es, um die Laufbreite der Treppe zu erhöhen, die Stützen seitlich mit Hilfe von Laschen anzubringen. Es wurden die gleichen Bohrungen der Stufen verwendet.
Ich hatte der Stadt die Statik übergeben und ebenso einen Nachtrag, um die Befestigung danach zu erhöhen.
Die Stadt hatte dies abgelehnt. Die Ausführung gefiel ihr nicht.
Der zuständige Planer und Bauleiter sollte eine neue Ausführungsplanung erstellen.
Der Schulbetrieb war während der gesamten Zeit nicht unterbrochen.
Ich erhielt aber keine andere Planung von ihm, sondern es wurde eine andere Architektin mit der Planung beauftragt.
Diese Planung, die ich umsetzen sollte, war vollständig anders.

An dem Geländer des Verwaltungsgebäudes sollte ausprobiert werden, ob sich die Planung in der Praxis umsetzen läßt. Ich hatte hierzu einen Nachtrag übergeben.
Aber auch diese Planung erwies sich als unbrauchbar und entsprach nicht den Sicherheitsbestimmungen für Schulen.
Nach einem Jahr hatte die Stadt immer noch nicht die Unfallverhütungsvorschriften für Schulen abgeklärt und sich eingestanden, dass sie eine Fehlplanung in Auftrag gegeben haben.
Auch die wandseitigen Handläufe waren eine Fehlplanung. Der obere Handlauf war zu hoch, der untere zu niedrig angebracht. Zudem konnten sich die Kinder mit ihren Ranzen auf den unteren Handlauf setzen und herunter rutschen. Ich konnte dies selbst sehen.
Letztendlich hatte die Stadt die Geländer zwei Jahre später zurückgebaut und selbsttragende Trennwände mit senkrechten Stäben errichtet. Es wurde nur noch ein Handlauf an jeder Seite angebracht.
Für die Konstruktionen wurde eine einheitliche Farbe, ein helles Grau, gewählt.
Bevor die Geländer zurückgebaut wurden, hat die Stadt ein Privatgutachten erstellen lassen für rund 4.500 EUR. Ich war nicht zum Ortstermin geladen.
Ich bekam keine Gelegenheit, das Material, welches abgebaut wurde, entgegen zu nehmen. Es wurde einem Schrotthändler übergeben für rund 700 EUR. Mit dem Material hatte ich Kosten von 30.000 EUR. Edelstahlrohr und die Verbindungsstücke hätte ich wieder verwenden können, ebenso die Geländerteile. Es sah so aus, dass sie Beweismaterial vernichten wollten.
Anschließend hat die Stadt eine Klage aufgegeben gegen den Architekten und gegen mich.
Obwohl es sich um eine Fehlplanung handelte, bei Architekten kommt die Versicherung dafür auf, wurde ich verurteilt ein Drittel der Kosten zu tragen. Die gerichtliche Auseinandersetzung zog sich

über Jahre hin. Ich habe das ganze als sehr entwürdigend empfunden.
Das Gericht hatte einen Gutachter eingesetzt und am 2. August 2010 hatten wir einen Ortstermin in Georgsmarienhütte. Ich weiss dies noch so genau, da es mein 69. Geburtstag war. Der Gutachter sagte: „Was soll ich hier begutachten. Es ist doch nichts mehr da."
Das Gericht beauftragte ihn, anhand des privaten Gutachtens der Stadt ein Gutachten anzufertigen.
Wozu muss man eine Fehlplanung noch begutachten?
Und wenn ich das Geländer noch so gut gebaut hätte, in zurückliegender Zeit hatte ich viele Geländer und Handläufe angefertigt und montiert, z.B. in der UNI-Klinik Magdeburg, die Baumaßnahme entsprach nicht den Sicherheitsbestimmungen. Im Einzelnen detailliert erfuhr ich dies erst später.
Der gerichtliche Gutachter war nicht in der Lage, Schweißverfahren und dazugehörige Prüfungen zuzuordnen.
Die Stadt hat eine Baubehörde, betreibt zahlreiche Schulen, es war sogar noch ein Sicherheitsbeauftragter eingestellt worden, und sie war nicht in der Lage zu prüfen, ehe sie einen Auftrag herausgibt, ob die Sicherheitsbestimmungen eingehalten werden.
Sie hätte dies vorab mit der zuständigen Behörde klären können. Und wozu hatten sie einen Sicherheitsbeauftragten? Dazu war er doch da.
Dem letzten Glied in der Kette, und irgendwo auch dem schwächsten, wird die gesamte Verantwortung aufgebürdet.
Das ganze war schon mehr als niederschmetternd. Einen Tag vor Heilig Abend bekamen wir das Urteil zugesandt.
Meine Bürofrau und ich, wir saßen beide etliche Tage still da und lasen zur Ablenkung Bücher. Geredet hatten wir kaum noch miteinander. Wir waren beide fertig. Es war kaum nachzuvollziehen, in welcher Verfassung wir waren.

Nach dem Auftrag in Georgsmarienhütte hatte ich Anfang 2008 Kurzarbeit beantragt. Ich hatte nur noch zwei Kollegen in meiner Firma beschäftigt. Einer der beiden hatte im Jahr zuvor über mehrere Monate einen Schweißerlehrgang in Stendal absolviert.
Durch eine Initiative gegen die Abwanderung junger Leute aus Sachsen-Anhalt wurde der junge Mann bei mir von seinem Betreuer vorgestellt. Zunächst konnte er ein längeres Praktikum bei mir machen. Da ich mit seiner Arbeit zufrieden war, habe ich ihn später eingestellt. Nach einiger Zeit hatte er wohl keine Lust mehr, meldete sich krank als es darauf ankam. Ich brauchte ihn als Schweißer. Als ich ihn entließ, ging er zum Arbeitsgericht und sein Anwalt machte Forderungen auf, die der junge Mann nicht erarbeitet hatte. Ich konnte dies ebenfalls nicht erwirtschaften. Wo soll das Geld herkommen?

Ich hatte mich weiterhin an Ausschreibungen beteiligt und im Frühjahr 2008 einen Auftrag für die Grundschule in Klötze erhalten. Wir kamen allmählich wieder ingang, hatten aber längere Zeit verkürzt gearbeitet.
Unser Auftrag war es, Edelstahlhandläufe im Treppenhaus der Schule

Umbau in 210 Tagen
Aus Berufsbildender Schule entsteht die neue Klötzer Grundschule

KLÖTZE. Nach jahrelanger Diskussion über eine neue Grundschule in Klötze wird das Vorhaben im ersten Halbjahr umgesetzt. Für 1,4 Millionen Euro entsteht aus der ehemaligen Berufsbildenden Schule die neue Purnitz-Schule.

Im Januar beginnen die Arbeiten an der neuen Grundschule in Klötze. Die ehemalige Berufsbildende Schule an der Straße der Jugend, direkt neben der Zinnbergschule und der Sekundarschule, wird komplett umgebaut. Nur die Grundrisse des Gebäudes werden nicht verändert. Lediglich ein paar Trockenwände werden eingezogen und an anderer Stelle Wände entfernt. Nur 210 Tage bleiben Zeit, um den Umbau zu stemmen.

Im Februar bekommt die behindertengerechte Schule einen Fahrstuhlanbau. Der Sonnenschutz wird in Grün, der Farbe der Stadt Klötze, gestaltet. Ab April gehen die ersten Namensvorschläge ein. Im gleichen Monat wird im Stadtrat entschieden, die Fassade in kräftigem Rot entstehen zu lassen. Im Entwurf war noch ein orangefarbener Ton favorisiert worden. Ende April fällt die Namens-Entscheidung in der Gesamtkonferenz. Sie soll Purnitz-Schule heißen.

Mitte Mai ist die rote Fassade bereits fertig gestellt. Im Juni beginnen die Arbeiten im Außenbereich. Im Innern werden die Unterrichtsräume gestaltet. Jede Etage bekommt einen eigenen Farbton. Anfang August bekommt die Schule einen modernen Spielplatz.

Kurz vor dem Beginn des neues Schuljahres erfolgt der Umzug von der alten Grundschule im Wohngebiet An der Wasserfahrt. Die ehemalige Kinderkombination durfte nur mit Sondergenehmigung als Schule genutzt werden, weil die Deckenhöhe zu gering war.

Dann kommt der große Tag: Nach der Einschulungszeremonie am 23. August im Altmarksaal dürfen die Abc-Schützen erstmals die neue Schule betreten. Zwei Tage später beginnt für 180 Schüler der reguläre Unterricht.

Nach drei Unterrichtswochen wird am 13. September die Einweihung gefeiert und die Grundschule erhält offiziell ihren Namen und von allen Seiten viel Lob.

Treppeneingang mit Überdachung und Seitenscheiben in Klötze

anzubringen und eine Eingangstreppe mit Betonstufen sowie einer Glasabdeckung und Seitenscheiben anzufertigen.
Bevor die verschweißte Stahlkonstruktion zur Verzinkung und Pulverbeschichtung nach Perleberg gebracht werden sollte, bestellte ich den verantwortlichen Planer in meine Werkstatt, damit er diese noch einmal vorher prüfen konnte. Es war alles in Ordnung.
Die Konstruktion wurde verzinkt, beschichtet und aufgestellt. Für das Verschweißen der Edelstahlhandläufe hatte ich einen Spezialisten von einer Leihfirma eingesetzt. Er hatte zuvor bereits für mich V2A-Handläufe verschweißt.
Als wir fertig waren, hagelte es von oben herunter: „Mängel".
Für den recht großen Auftrag, der Umbau der Schule war ein Millionenprojekt, stand nur ein Planer, der auch gleichzeitig Bauleiter war, zur

Verfügung. Er zog rund 10.000 EUR von der Schlussrechnung ab. Seine Planung enthielt Fehler, die er auf meinem Rücken austrug. Der Bauamtsleiter und der Planer machten auf mich den Eindruck, dass sie befreundet waren. Vom Bürgermeister erhielten wir das Schlussrechnungsprotokoll. Die Rechnung wurde auf null gekürzt.
Wo ich mit den Kosten bleibe, war ihnen egal.

Kinder der neuen Grundschule Klötze halten am 13. September die Buchstaben für den Namen hoch. Drei Wochen nach Unterrichtsbeginn wird die neue Purnitz-Schule offiziell eingeweiht. Von Januar bis August war sie entstanden.

Auch der Landrat, an den wir uns wandten, konnte angeblich nichts machen.
Die Treppenkonstruktion wurde zur Einweihung in der Zeitung abgebildet. Auf dem Podest standen fröhliche Kinder.
Wir zogen einen Anwalt hinzu. Die Stadt war bereit, 3.000 EUR zu zahlen. Der Anwalt allein kostete 1.700 EUR.
Nach Fertigstellung der Arbeiten in Georgsmarienhüte und in Klötze

musste ich einen größeren Kredit aufnehmen, um die Kosten zu begleichen.
Im gleichen Jahr, 2008, erhielten wir einen größeren Auftrag für die Ganztagsschule in Zielitz bei Magdeburg. Zielitz ist durch den Kaliabbau eine „reiche" Gemeinde geworden.
An die Ganztagsschule wurden eine Aula, eine Bibliothek und eine Caffeeteria angebaut. Die Schule sollte zum kulturellen Zentrum des Ortes werden.
Wir hatten den Auftrag, rund 100 m Geländer zu errichten.
Für diese Baumaßnahme hatte die Gemeinde zwei Architekturbüros eingesetzt. Die Planung hatte das Ehepaar Larisch aus Leipzig vorgegeben. Die Bauleitung übernahm das Büro König aus Barleben.
Die Arbeiten verliefen reibungslos. Die Baubesprechungen verliefen ruhig, sachlich und etwas aufgelockert. Nachdem, was ich vorher erlebt hatte, dachte ich zu Anfang, ich träume wohl.
Als es um Zeichnungen ging, ich musste ja sonst Werkstattzeichnungen vorlegen, sagte Frau Larisch: „Die Zeichnungen machen wir, Herr Herbst. Dafür sind wir doch da."
So habe ich es eigentlich immer gesehen, dies aber nicht so erlebt.
Mir wurde für jedes Detail eine Zeichnung vorgelegt.
Das Ehepaar Larisch war auch nach Arendsee in meine Werkstatt gekommen, um vor Ort Absprachen zu treffen.
Bei der Einweihungsfeier in Zielitz trugen die Schüler ein ansprechendes Programm vor. Es fand großen Anklang. Der Direktor der Schule sprach auch von den Belastungen der Pädagogen. „Wir müssen damit klar kommen, dass viele Kinder zwei Väter haben", sagte er in seiner Rede. „Wir müssen den Kindern und Jugendlichen helfen, damit sie später ihren Platz in der Gesellschaft finden."

Ich habe weiterhin Aufträge abgearbeitet und versucht, eine Regelung für meine Betriebsstätte zu finden, um in den Ruhestand gehen zu können. Ausweglos!

So habe ich weiter gearbeitet, denn die Kredite waren mir geblieben. Sie wurden aufgrund von Rechnungskürzungen bei gleichzeitiger Zunahme der Kosten sogar noch mehr. Inzwischen war ich 70 Jahre alt und habe jeden Tag mitgearbeitet, in der letzten Zeit nur noch mit drei Lehrlingen. Es war aber eine große Klufft entstanden zwischen dem Niveau, welches die Lehrlinge gleich nach 1990 hatten, und heute haben.
Allgemeinwissen und Arbeitseinstellung ließen zu wünschen übrig.
Im Vordergrund standen nicht die Aufgaben, sondern sie selbst.
Wo liegt die Ursache hierfür? Werden die Jugendlichen vom Elternhaus und von der Schule nicht genug zur Arbeit angehalten?
Wie ich die letzten Lehrlinge vor Betriebsaufgabe aufgrund meiner Krankheit erlebt habe war traurig.
Die gesellschaftlichen Rahmenbedingungen haben sicher einen großen Anteil an dieser Entwicklung. Wie wollen Eltern, die keine Arbeit haben, ihre Kinder zur Arbeit anhalten?
Für die Handwerksbetriebe ist es schwierig Nachwuchs zu finden.
Eine nicht unwesentliche Ursache sehe ich in der Berichterstattung unserer Medien. Laufend ist die Rede von Mängeln am Bau. Einzelfälle werden mit Gutachtern und Rechtsanwälten sehr stark künstlich hochgespielt.
Die Unlust am Lernen und an der Berufsschule, die die jungen Männer zum Ausdruck brachten, war aus meiner Sicht nicht zu verstehen. Ich habe mich gefragt, welche Ansprüche stellen sie denn noch. In ihren Köpfen ging es hauptsächlich um Freizeit und um „Party machen".
Während der Nachkriegszeit konnte ich die Schule aus Zeitmangel nicht immer besuchen. Ich habe darunter gelitten und große Anstrengungen unternommen, Schulabschlüsse nachzuholen.
Meine Entwicklung war als Kind gestört. Während der Kindheit spielen konnte ich kaum. Ich musste arbeiten.
„Herr Herbst, sie arbeiten gern!" sprach mich ein Jugendlicher fragend an. „Ja", sagte ich, „ich habe immer gern gearbeitet."
Aber auch wenn ich mit Lust und Freude an die Arbeit gegangen bin,

alles hat im Leben seine Grenze.
Dazu kam der entwürdigende Umgang, den ich bei einigen öffentlichen Aufträgen erlebt habe. Dies konnte einem schon die Freude an der Arbeit nehmen.
Ich war nun über 70 Jahre alt und musste immer noch den Wagen ziehen.
Der Vergleich mit einem Wagen ist gut. Der Chef zieht den Wagen, die Frau schiebt ihn und an der Seite muss auch geschoben werden.
Ein Betrieb muss immer in Betrieb bleiben. Ein Betrieb muss sich drehen. Es heißt ja, wie läuft der Betrieb.
Genau, wie der Wagen nicht mehr rollt, wenn die Straße schlecht ist, wurden die Bedingungen für alle Betriebe immer schwieriger.
Der Wagen wurde im Laufe der Zeit also immer schwerer, meine Kräfte ließen nach und auf dem Wagen saßen immer mehr Leute, die ich mitziehen musste ...
Leute vom Finanzamt, vom Bauamt, von der Berufsgenossenschaft, von der Krankenkasse, von den Kommunen, der Steuerberater, Anwälte und Richter, die Handwerkskammer, die Versicherungen, die Bank, die Schweißausbildungsstätte, die Statiker, die Architekten, die Lieferanten. Sie wollten alle etwas von mir abhaben und für mich blieb nichts übrig.
Ich konnte den Wagen wirklich kaum noch ziehen.
Aber es wollte mir niemand diese Last abnehmen.
Es wurde höchste Zeit, eine Regelung zu finden.
2013 hatte ich für die Musikschule in Salzwedel eine Rettungsleiter errichtet. Es war ein kleiner Auftrag, aber eine Planung wurde erstellt, als gehe es um einen Großauftrag. Gleich zwei Planungsbüros waren am Wirken, dazu ein Statiker.
Allein mit meinen Lehrlingen habe ich den Auftrag erledigt. Den größten Teil davon wirklich allein, denn wenn ich die Lehrlinge brauchte, hatten sie entweder Schule, überbetriebliche Ausbildung oder sie waren schwer krank. Sie hatten oftmals eine Krankheit, die

ich mir als junger Mensch nicht leisten konnte und auch später nicht geleistet habe, „Drücketismus und Faulenzia".

Als die Abnahme der Baumaßnahme in der Musikschule war, habe ich mit einem Lehrling die restlichen Arbeiten erledigt.

Um Schrauben an der Konstruktion zu befestigen, bin ich 6 m an der Rettungsleiter hoch geklettert.

Meine Bürofrau war auch mitgekommen und hat die Baustelle aufgeräumt.

Zur Abnahme kamen der Statiker, der Bauplaner und eine Frau aus dem Bauamt, alles Leute in den besten Jahren.

Ich war bereits 72 Jahre alt und habe die Baumaßnahme mit Lehrlingen mehr oder weniger allein bewältigt.

Auch bei diesem kleinen Auftrag dauerte es, bis das Amt die Abrechnung fertig gestellt hatte. Ich musste zwei Monate auf mein Geld warten.

Zu den Belastungen, die aufgrund meines Alters allmählich immer größer wurden, kam, dass bei mir fast ständig ein Anwalt mit „an Bord" war. Wir haben in Deutschland rund 180.000 Anwälte. Wo wollen die vielen Anwälte Arbeit her bekommen. So sind sie Trittbrettfahrer in den Betrieben.

Für eine Baumaßnahme in der Nähe von Kassel hatte ich Profilglas gekauft für 3.000 EUR bei einem Glashändler in Gardelegen.

Zuvor hatte ich für ein Seniorenheim bei Kassel zwei Rettungstreppen über zwei Etagen errichtet. Die Treppen wurden verzinkt und pulverbeschichtet. Vor die Treppen wurde jeweils eine Trennwand aus Profilglas gestellt. Die Trennwände aus Glas wurden mit der Firma des Glasermeisters Fredrich aus Arendsee montiert. Sie waren etwa 4 m breit und 7 m hoch. In der Höhe war die Glaswand in der Mitte geteilt. Die erste Lieferung holte ich ab, transportierte sie zur Baustelle und baute sie dort ein. Das Glas war in Ordnung. Bei der zweiten Ladung, mehrere Tage später, stellten wir fest, als wir das Glas für die zweite

Trennwand einsetzten, dass es anders aussah. Es schimmerte in Regenbogenfarben.
Von der Bauleitung wurde mir dies schriftlich als Mangel angelastet.
Ich informierte den Lieferanten darüber, dass dies nicht in Ordnung ist.
Dem Bauherren gab ich daraufhin einen Nachlass in Höhe von 1.000 EUR.
Der Lieferant verklagte mich kurz vor der Verjährung auf Zahlung des Restbetrages. Ich hatte die Rechnung für das Profilglas in Regenbogenfarben um etwa die Hälfte gekürzt.
Das Mängelschreiben übergab ich dem Richter bei der Verhandlung. Ich wurde aber trotzdem vom Richter im Namen des Volkes verurteilt, den restlichen Betrag zu zahlen. Dazu kamen noch einmal hohe Anwalts- und Gerichtskosten.
Ich hatte dem Auftraggeber 1.000 EUR erlassen und der Gewinn für mich war gleich null. Die Kosten für den Lieferanten und den Rechtsstreit kamen hinzu. Woher soll das Geld kommen?

Mit der Verfahrensweise, wie ich sie in zurückliegender Zeit mit unseren Anwälten und Gerichten erlebt habe, geht jeder Geschäftsmann kaputt.
Ich kann verstehen, dass kaum noch jemand den Mut hat, sich in der Wirtschaft vorzuspannen. Aus uns Handwerkern ist „Freiwild" geworden.
Es geht sicherlich sehr vielen Betroffenen so, dass sie sagen, ich hätte nicht noch einmal eine Investition getätigt.
Wozu habe ich die zurückliegenden Anstrengungen unternommen?
Ich habe mich jahrelang persönlich eingeschränkt, um die Kosten zu tragen. In den fast 20 Jahren habe ich meine Werkstatt abgezahlt. Sie ist aber anschließend nichts mehr wert.
Die Handwerkskammer hatte vor vier Jahren in einem Gutachten einen Wert von 143.000 EUR für meine Produktionshalle ermittelt.
Was nutzt mir die Bewertung, wenn ich diese nicht veräußern kann.

Was habe ich nicht alles versucht. Von Seiten der Regierung wurde ein Nachfolgeclub ins Leben gerufen. Ich wurde in diesen „Club" aufgenommen und zu Veranstaltungen eingeladen.
An einer Veranstaltung in Barleben hatte ich 2010 teilgenommen.
Bei dieser Veranstaltung waren nur zwei Nachfolgeanwärter anwesend, die sich für größere Objekte interessierten.
Es waren mehr Leute da, die ihre Betriebe abgeben wollten. Den größten Teil der Anwesenden machten Vertreter von Banken und Behörden aus. Diese Veranstaltung habe ich als sehr entmutigend empfunden und war sehr enttäuscht darüber, wie mit diesem Problem umgegangen wird.
Für alle Gäste wurde eine große Tafel reichlich gedeckt. Für einen Moment dachte ich, ich bin zu einer Hochzeitsfeier eingeladen worden, derart groß war der Prunk im Anschluss an den offiziellen Teil der Veranstaltung.
Die Probleme, die sich für mich aus der Situation ergaben, das ganze Dilemma, welches ich kaum noch ertragen konnte, waren für die Vertreter der Banken und Behörden ein Anlass zum Feiern.
Wenn ich meine Empörung zum Ausdruck brachte gegenüber Vertretern unseres großen staatlichen Verwaltungsapparates, wurde mir gesagt: „Es war doch ihre Entscheidung, sich selbständig zu machen."
Es ging so weit, dass von Seiten unserer Kommune gesagt wurde: „Die Wirtschaft ist Privatsache."
Ist es verwunderlich, dass junge Menschen lieber gar nicht arbeiten, als sich so ausnutzen zu lassen, wie es mir ergangen ist.
Die Arbeitseinstellung bei jungen Leuten habe ich als schlecht empfunden. Obwohl sie vor Kraft strotzten, war es schwierig, mit ihnen zu arbeiten.

Juli 1997

CDU-Ortsgruppen aus Arendsee, Kleinau, Leppin und Sanne-Kerkuhn schließen sich zusammen

Vorsitzender Gunthard Herbst tritt nicht zur Neuwahl an

Die 46 Christdemokraten in der Verwaltungsgemeinschaft Arendsee wollen sich zu einer großen CDU-Gruppe zusammenschließen. In dem neuen Vorstand sollen Mitglieder aus Arendsee, Kleinau, Leppin und Sanne-Kerkuhn mitarbeiten. Doch der jetzige Arendseer Ortschef stellt sich nicht wieder zur Wahl. Gunthard Herbst will sein Amt niederlegen.

Von Helga Räßler

Arendsee. Aus persönlichen und vor allem beruflichen Gründen werde ihm die Zeit für eine intensive Parteiarbeit zu knapp, erklärte Gunthard Herbst am Mittwoch abend während der öffentlichen Mitgliederversammlung der CDU-Ortsgruppen Arendsee, Kleinau, Leppin und Sanne-Kerkuhn im „Deutschen Haus".

Betrieb läßt keine Zeit für Parteiarbeit

Er habe seinen Betrieb im Gewerbegebiet aufgebaut und damit sechs Arbeitsplätze geschaffen. „Einen Betrieb zu führen heißt, Verantwortung für Menschen und ein hohes persönliches Risiko zu tragen", betone er. „Darum werde ich nicht mehr als CDU-Ortsvorsitzender kandidieren." Auch parteipolitisch sei die Schaffung von Arbeitsplätzen Ziel des Wahlprogramms der CDU gewesen. Seit der Wende hätten CDU-Mitglieder der Arendseer Region Arbeitsplätze für 54 Menschen geschaffen. Die Zahl habe sich in der Zwischenzeit erhöht. „Doch bei der Bevölkerung war bei der Wahl keine Resonanz darauf zu spüren", so Herbst. Beschlossen wurde an dem Abend einstimmig, die vier kleinen zu einer großen Gruppe zusammenzuschließen. Das werde vom Kreisvorstand so ge-

Will als Vorsitzender der Arendseer CDU das Handtuch werfen: Gunthard Herbst (links). Rosemarie Landorff dankte für seine Arbeit. Jürgen Stadelmann räumte Fehler der Kreis-CDU in der Zusammenarbeit ein.

wünscht, erklärte Rosemarie Landorff vom Arendseer Vorstand. Die Wahlveranstaltung soll am Donnerstag, 17. Juli, um 19.30 Uhr im „Deutschen Haus" stattfinden. „In dem neuen Vorstand soll sich jede Ortsgruppe aktiv einbringen", erklärte sie. Die Arendseer Christdemokraten treffen sich an dem Tag bereits um 19 Uhr. „Wir müssen den Zusammenschluß zuvor noch beschließen", so Landorff. Das müsse auch in den anderen Orten erfolgen. Über Für und Wider eines Zusammenschlusses war diskutiert worden. „Es könnten vielleicht eigenständig bestehen, aber eine größere Gruppe ist wirkungsvoller", meinte Rolf Büttner aus Lohne

(Kleinau). Er forderte zur Erhöhung der Mitgliederzahl die Einbeziehung Jüngerer.

Verbindung zum Kreisvorstand kritisiert

Sinkende Mitgliederzahlen bemängelte auch Otto Benecke aus Leppin. Das sei der schlechten Verbindung zum Kreisvorstand sowie der Art und Höhe der Beitragskassierung geschuldet. Doch auch er plädierte am Ende für die Bildung der Großgruppe. Landorff bekräftigte: „Dann können wir uns auch gegenüber dem Kreisvorstand besser starkmachen." Als Zwangszuordnung bezeichnete Joachim

Mikolajczyk aus Sanne-Kerkuhn den angestrebten Zusammenschluß. Aber auch er sah darin eine Chance für mehr Gewicht bei der Umsetzung von Vorhaben der CDU-Interessen in der Verwaltungsgemeinschaft. Jürgen Stadelmann, Chef der Kreistagsfraktion der Christlich Demokratischen Union, freute sich über die Zustimmung. Er gab zu, daß die bisherige Zusammenarbeit zwischen Ortsgruppen und Kreis nicht optimal gelaufen sei. Das sei Ergebnis der jüngsten Wahlen und solle sich ändern. „Wir sind in einer Partei nicht nur, um Wahlen zu gewinnen, sondern weil wir gemeinsame Ansichten vertreten", sagte er.

Geschäftsführer beurlaubt / Mitarbeiter sind na Vorfällen beunruhigt:

Wie geht's weiter mit dem Borghardt Stift?

Mit einer der letzten Aufträge war es, eine verzinkte Rettungstreppe über zwei Etagen für das Wasser- und Schifffahrtsamt in Wilhelmshaven zu errichten. Zwei Lehrlinge der Berufsbildungsakademie Salzwedel baten mich, bei mir ein Praktikum durchführen zu können. Sie halfen bei der Fertigstellung und Montage der Treppe. Die Baustelle befand sich unmittelbar an der Nordsee. Bei bestem Urlaubswetter im Sommer 2012 haben wir die Arbeiten durchgeführt. Für die Unterbringung hatte ich Zimmer angemietet. Ich hatte ein Einzelzimmer. Während meine „Mannschaft" bei der Arbeit nicht aus der Ruhe zu bringen war, konnten sie bis in die Nacht Bier trinken. Am anderen Tag konnten sie nicht auf die montierte Treppe hinaufgeben, um Schraubverbindungen herzustellen.

Da ich allmählich unter Zeitdruck geriet, forderte ich zwei Leiharbeiter an. Man hatte mir zwei stark übergewichtige junge Männer geschickt. Einer der beiden war 18-jährig und ohne Berufsausbildung, der andere war etwas älter. Er hatte aber keine Qualifikation in meinem Fachgebiet.

Sie sollten Schrauben am Treppengeländer befestigen. Dazu waren sie aber nicht in der Lage, und ich habe den Einsatz abgebrochen und sie nach Hause geschickt.

Die Leiharbeitsfirma hatte mir eine Rechnung für die beiden Männer übersandt. Ich erhob darauf schriftlich Einspruch. Die Leiharbeitsfirma zog vor Gericht, und ich musste die Kosten tragen.

Dies war wie so vieles, was ich bereits vorher erlebt hatte, nicht zu verstehen.

Es wäre erforderlich gewesen, Leute mit einer Ausbildung als Metallbauer zu entsenden.

Von den Handwerkern wird Qualitätsarbeit verlangt. Leute, die vom Arbeitsamt oder von Leiharbeitsfirmen geschickt werden, sind nicht in der Lage dazu, die Ansprüche, die immer höher geworden sind, zu realisieren.

Kurz nach der politischen Wende hatte ich mich der CDU zugewandt, da sie für die Wirtschaft steht. Kurze Zeit bis 1997 hatte ich die Ortsgruppe in Arendsee geleitet.

Da ich einen privaten Betrieb hatte und zeitlich nicht mehr dazu in der Lage war, habe ich mich abwählen lassen.

Aus heutiger Sicht frage ich mich auch, ob die CDU noch Bezug hat zu den gegenwärtigen Bedingungen klein- und mittelständischer Betriebe.

In Arendsee ist es ein Höhepunkt der CDU, einen Kegelabend mit dem Landrat zu gestalten.

Mit kritischen Themen tritt die CDU kaum an die Öffentlichkeit.

Ich war anwesend bei der Feier zur Übergabe der Solaranlage im ehemaligen Chemiewerk. Die Anlage wurde durch Bürgerinitiative aufgebaut. Bei dieser Veranstaltung hielt der Landrat eine Rede. Er sprach davon, dass ihm vor kurzer Zeit jemand gesagt hat: „Die Party ist zu Ende."

Viele Leute machen intensive Parteiarbeit auf Kreis- und Bezirksebene und bekommen dafür gutes Geld.

Eine Resonanz für den Klein- und Mittelstand ist kaum zu spüren.

Auf Bezirksebene finden zahlreiche wissenschaftliche Tagungen statt, an denen auch Dr. Dähre aus Langenweddingen teilnimmt.

Meine Erfahrungen waren die, dass meine wirtschaftlichen Probleme als Handwerker von allen Seiten ignoriert wurden.

Meine Betriebsstätte konnte ich nur mit rund 60 % des geschätzten Wertes veräußern. Eine Betriebsnachfolge im eigentlichen Sinne kam nicht zustande.

Die Achtung vor Menschen, die bodenständige Arbeit verrichten, ist verloren gegangen.

Es zählen nur noch Menschen, die in Banken und Behörden arbeiten und dafür gutes Geld bekommen.

Bei uns im Land ist der Bezug verloren gegangen, welche Bedeutung die Wirtschaft für die Gesellschaft hat.

Wirtschaft im eigentlichen Sinne ist immer weniger geworden.

Und wie wollen wir der Natur gegenüber Rechenschaft ablegen, dass wir die Bodenständigkeit verloren haben.
Wo ist die Grenze?

Gunthard Herbst

Nachwort

Falls Sie meine Zeilen gelesen haben, möchte ich mich für Ihr Interesse bedanken.
Wir sind alle nur Menschen mit unserem angeborenen Egoismus.
Sind wir in der Lage aufgrund unseres Egoismus allein zu leben? Selbst Robinson auf der Insel kam an seine Grenzen, allein leben zu müssen.
Wir brauchen einer den anderen, um überleben zu können.
Zu allen Zeiten hat es Konflikte zwischen den Generationen gegeben. Die Menschen haben sich in zurückliegender Zeit aber nicht so wichtig genommen, wie dies heute der Fall ist.
Als Kind habe ich in Langenweddingen einen harten Fall zwischen den Generationen erleben können und dies damals nicht verstanden. Karl Metscher gehörte das Nachbarhaus. Sein Schwiegersohn hatte ihn aus seinem Haus geworfen. Er kam aber wieder irgendwie unter. Sein Pferd auch.

Heute hängt ein Bild in meinem Zimmer. Ein alter Mann steht auf der Straße. Mit einer Hand stützt er sich auf seinen Stock und lehnt sich mit der anderen Hand an eine Wand an. Für mich ist er
Karl Metscher.
Wie schnell kann jeder ein Karl Metscher werden.